最受当代青年喜欢的

精致小品 | JINGZHI XIAOPIN

主编　张　放

编者　华　永　陈　洁　沈　培

　　　张永彦　陈莉嘉　凌　浩

情感私语

百花文艺出版社

BAIHUA LITERATURE AND ART PUBLISHING HOUSE

图书在版编目(CIP)数据

情感私语 / 张放编. — 天津：百花文艺出版社，2011.1（2011.8 重印）
（最受当代青年喜欢的精致小品）
ISBN 978-7-5306-5810-9

Ⅰ.①情… Ⅱ.①张… Ⅲ.①散文—作品集—中国—当代 Ⅳ.①I267

中国版本图书馆 CIP 数据核字(2010)第 225666 号

百花文艺出版社出版发行
地址:天津市和平区西康路 35 号
邮编:300051
e-mail:bhpubl@public.tpt.tj.cn
http://www.bhpubl.com.cn
发行部电话:(022)23332651 邮购部电话:(022)23332478
全国新华书店经销
天津新华二印刷有限公司印刷
*
开本 880×1230 毫米 1/32 印张 8
2011 年 1 月第 1 版 2011 年 8 月第 2 次印刷
定价:16.80 元

阅读之美(代序)

汪惠仁

1

阅读是一生的事情。

和其他的消费活动一样，阅读发生的时候，也是“闲云潭影日悠悠，物换星移几度秋”——一切消费往根底里说，皆是对时间的消费。

但阅读是对时间的一种特别消费。阅读在时间之河中垂钓、打捞那些闪光的片段，它让我们时有“收获感”。这“收获感”增加了我们所占时间——即人生——的密度。

阅读是短暂人生的自我拯救——他让人生的每一个瞬间变得有情、变得睿智、变得丰盈。阅读，是平凡人生中对抗时间流逝的最简便易行的方法。

伴随着阅读的一生，便是无悔的一生，便是有质量的一生，便是了悟时间奥秘的一生。

2

阅读是一个人的事情。

阅读者在作品与浑茫的世事前，宛如客人。

孤寂感让阅读者寻找那些令人温暖和亲近的因素。夜深篱落一灯明——也许这盏灯早就亮在那里，在等着你去：白日的嘈杂与俗物掩埋了这盏灯的微弱亮光；而当夜幕降临，浮名淡远，你回到自己这里，你的眼睛也变得澄明，那盏召唤你的灯只为你闪烁。

阅读中到底发生了什么？是两颗心灵在互相证明。一开始可能是阅读者被吸引、被牵引、被导引；但后来，阅读者反客为主，他从作品中看到了自己，他要让作品成为自我人生的注脚。

阅读中，我们看到一个人，他得到滋养，他最终成为世界的解释者。也许，他原先会说，“无人信高洁，谁为表予心？”；但现在，因为阅读而成熟的他，不会这样说了。

3

阅读还可能是一个民族的事情。

具体的阅读当然是一个人的事情。阅读作为个人修为的一个门径，也当然是寂寞的事情。

但阅读的结局，不应该是“躲进小楼成一统”，也不应该是“还掩故园扉”。

宽阔的心灵利于阅读，阅读亦能塑造愈加宽阔的心灵。宽阔的心灵能放下关乎民族的事情。

城市的夜晚，溢彩流光。市政的照明工程和商业的霓虹工程成为夜晚最夺目的事物。统一的、庞大的规划及逐利的欲望在改变这一广袤大地上夜晚的自然属性，而越来越多的人们正愈发沉湎其中。

还有没有这样一盏灯，在这样繁华的夜晚，为阅读亮起？

——谁在这样的夜晚阅读，谁就在做着有益于民族的事情。

2010年10月10日

敬告作者

本书作品均曾在《散文》上发表，选入此书时，向各位作（译）者发函征询，多数作（译）者都有回复。因发刊时间久远，有些信函被退回。如相关作（译）者见到此书，请与百花文艺出版社联系，以奉上稿酬。不周之处敬请谅解。

目录 CONTENTS

小鸟，你飞向何方

赵丽宏

在黄昏的微光里，有那清晨的鸟儿来到了我的沉默的鸟巢里。

我喜欢泰戈尔的诗。还在读中学的时候，泰戈尔就把我迷住了，一本薄薄的《飞鸟集》，竟被我纤嫩的手指翻得稀烂。那些充满着光彩和幻想的诗句，曾多少次拨动我少年的心弦……

《飞鸟集》破损了，我渴望再得到一本。然而，文化革命一开始，这个小小的愿望，竟成了梦想。我的那本破烂的《飞鸟集》，也被人拿去投入街头烧书的熊熊烈火中，暗红色的灰烬在火光里飞舞，飘飘洒洒，纷纷扬扬。我仿佛看见老态龙钟的泰戈尔在火光里站着，烈火烧红了他的白发，烧红了他的银须，也烧红了他的朴素的白袍。他用他那冷峻而又安详的目光注视着这一切，看着，看着，他的神色变了，似有几许惊恐，几许不安，也有几许愤怒，几许嘲讽……

我还是喜欢泰戈尔。在动乱的岁月里，我默默地背诵着他的诗，以求得几分心灵的安宁。“诗人的风，正出经海洋和森林，求它自己的歌声”。我陶醉在他所描绘的大自然中了——那宁静而又浮躁的海洋，那广袤而又多变的天空，那温暖而又清澈的湖泊，那葱郁而又古老的森林……

有一天，我忽然异想天开了：到旧书店去走走，看能不能找到几本好书。结果，当然叫人失望。但，我发现，有时还会有几本“罪当火烧”的书出现在书架上，或许，这是出于店员的粗心吧。于是，我抱着几分侥幸，三天两头往旧书店跑。一个星期天的早晨，我又走进冷冷清清的旧书店。我的目光，久久地在一排排大红的书脊中扫动，突然，我的眼睛发亮了：一条翠绿色的书脊，赫然跻身在一片红色之间，啊，竟是《飞鸟集》！

该不会有另一种《飞鸟集》吧？我不相信自己的眼睛，仔细一看，果真有泰戈尔的名字。随即，我又紧张了，是的，这年头，得而复失的太多了。挤压着《飞鸟集》的一片红色，又使我想起街头那一堆堆焚书的烈火，那漫天飞扬的纸灰……我赶紧向书架伸出手去。

几乎是同时，旁边也伸出一只手来，两只手，都紧紧地捏住了《飞鸟集》。这是一只瘦小白皙的手，一只小姑娘的手。我转过脸来，正迎上两道清亮的目光——一个中学生模样的小姑娘站在我身旁，抬起脸看着我，白圆的脸上，一双清秀的眼睛眨巴眨巴地闪动着，像一潭清澈见底的泉水，微波起伏，平静中略带点惊讶。

我愣住了，手捏着书脊，不知如何是好。还是她开了口：“你也要它吗？那就给你吧。”声音，清脆得像小鸟在唱歌。

我的脑海里忽然旋起个念头：在这样的时候，她还会喜欢泰戈尔？莫非，她根本不知道这是怎样一本书？于是，我轻轻问道：“你知道，这是谁的书？”

“谁的书！”小姑娘抬起头来，颇有些惊奇地看着我，秀美的眼睛睁得滚圆，转而，开心地笑起来，一边笑，一边做了个鬼脸：“这是一个老爷爷的书，一个满脸白胡子的印度老爷爷。

我喜欢他。”说罢，用手做着捋胡子的样子，又格格地笑了。如同平静的池塘里投进了一颗石子，笑声，在静静的店堂里荡漾……

啊，还真是个熟悉泰戈尔的！我多么想和她谈谈泰戈尔，谈谈我所喜欢的那些作家，谈谈几乎已被人们遗忘了的世界呵！然而，这样的年头，这样的场合，这样的谈话肯定是不合时宜的，即便年青，我还是懂得这一点。小姑娘见我呆呆地不吭声，刷地一下把《飞鸟集》从书架上抽下来，塞到我手中：“给你吧，我家里还藏着一本呢！”没等我作出任何反应，她已经转身去了。我只看见她的背影：一件淡紫色的衬衫，上面开满了白色的小花；两根垂到腰间的长辫，随着她轻快的脚步摆动……

夏天的飞鸟，飞到我窗前唱歌，又飞去了。

旧书店里的那次邂逅，留给我的印象竟是那么强烈。真的，生活中有些偶然发生的事情，有时会深深地刻进记忆中，永远也忘记不了。我不知道那个小姑娘的名字，甚至没有看仔细她的容貌，但，她从此却常常地闯到我的记忆中来。当我看着那些在街头吸烟，无聊，踯躅的青年，心头忧郁发闷的时候，当我读着那些大吹“知识越多越反动”的奇文，两眼茫然迷离的时候，她，就会悄悄地站到我的面前，眨着一对明亮的眼睛，莞尔一笑，把一本《飞鸟集》塞到我手中，然后，是那唱歌一般悦耳的声音：“这是一个老爷爷的书，给你吧，我家里还藏着一本呢！”……

她使我惶乱的思想得到一丝欣慰，她使我空虚的心灵得到几分充实。她使我相信：并不是所有的青年人都忘记了世界，抛弃了前人创造的文化，抛弃了那些属于全体人类的美的事物！

有时，我真想再见到这位小姑娘，可是，偌大个城市，哪里找得到她呢？有时，我却又怕见到她，因为，在这些岁月里，有多少纯真的青年人变了，变得世故，变得粗俗，就像炎夏久旱之后的秧苗，失去了水灵灵的翠绿，萎缩了，枯黄了。我怕再见到她以后，便会永远丢失那段美好的回忆。

一次，我在街上走着，迎面过来几个时髦的姑娘，飘拂潇洒的波浪长发，色调浓艳的喇叭裤子，高跟鞋踏得笃笃作响，香脂味随着轻风飘漾。她们指手划脚大声谈笑着，毫无顾忌，似乎故意招摇过市，引得路人纷纷投去惊奇的目光，目光之中，不无鄙视。对那些衣着打扮，我倒并没有多少反感，只是她们的神态……

我忽然发现，这中间有一张似曾相识的脸——呵，难道是她？是那个在书店遇见的姑娘！真有点像呀！我的心不禁一阵抽搐。我迎上去，想打招呼，她却根本不认识我，连看都不看一眼，勾着女伴的颈脖，嘻笑着从我身边走过去。哦，不是她，但愿不是她！我默默地安慰着自己，呆立在路边，闭上了眼睛……

是的，这决不会是她。然而，这件小事却给我心头重重一击。工作之余，我又打开泰戈尔的诗集。泰戈尔，这位异国的诗人，毕竟离我们遥远了，他怎么能回答我们这一代青年人的疑虑和苦恼呢！他的一些含着神秘色彩的诗句，竟使我增添许多莫名的忧愁和烦闷。“有些看不见的手指，如懒懒的微飔似的，正在我的心上，奏着潺湲的乐声”。呵“我知道我的忧伤会伸展开它的红玫瑰叶子，把心开向太阳”！

冬天的小鸟啾啁着，要飞向何方？

历尽了一场肃杀的寒冬，春天来了。经过冰雪的煎熬，经过风暴的洗礼，多少年青的心灵复苏了，他们告别了愚昧，告别了忧郁，告别了轻狂，向光明的未来迈开了脚步。就像泥土里的种子，悄悄地萌发出水灵灵的嫩芽，使劲顶出地面，在春风春雨里舒展开青翠的枝叶……

恍若梦境，我竟考上了大学，去报到之前，我清理着我的小小的书库，找几本心爱的书随身带着，第一本，就想到了《飞鸟集》。呵，她在哪里呢？那个许多年前在书店里遇见的小姑娘！此刻，即使她站到我面前，我大概也不会认识她了，可是，我多么想知道，她在哪里……

人流，长长不断的人流，浩浩荡荡涌向校门。我随着报到的人群，慢慢地向前走着。不知怎的，我仿佛有一种预感——在这重进校门的队伍中，会遇见她。于是，我频频四顾，在人群中寻找着。

一次又一次，我似乎见到了她——她背着书包走过来了，脚步，已不似当年轻盈，却稳重了，坚定了；身上，还是那一件淡紫色的衬衫，上面开满了白色的小花；两根垂到腰间的长辫，轻轻地晃动着……

这不过是幻觉而已，我找不到她。在这支源源不绝的人流里，有那么多的小伙，那么多的姑娘，哪有这样巧的事情呢。可是，我的心头还是涌起了几分惆怅，眼前，仿佛又掠过几年前在街头见到的那一幕……

有人撞到我的脚跟上，我一下子从沉思中惊醒。身边，是笑声，是歌声，是脚步声。我不禁哑然失笑了，脑海中，突然跳出几行不知是谁写的诗句来：

你呀，你呀，何必那么傻，
经过一场风寒，就以为万物肃杀……
闻一闻风儿中春的芳馨吧，
生活，总要向美好转化！

我抬起头来，幽蓝的天空，辽远而又纯净——这是春天的晴空呵！一群又一群鸟儿从远方来了，它们欢叫着，抖动着翅膀，划过透明的青天，飞呵，飞呵，飞……

选自《散文》1980年第6期

“信物”

张慧萍

天，雾蒙蒙的，飘着毛毛细雨，我走进静悄悄的枣林。天哪！一张绿色的大网，网住了天，网住了云，那紫红的枣儿一颗挤一颗，挂着水珠儿，圆溜溜，亮晶晶的，就像刚从水晶宫里捞出来的红玛瑙缀在绿网上。不用吃，看一眼，便觉得那甜津津的枣汁渗出来，透进心里。

金丝枣儿，个不大，两头尖，肚儿圆，皮薄核小，肉甜质细。一对叶子间结一颗枣，一枝码子便结七八颗。把树枝压得弯弯的，垂到地面上。枣农们便用木棍撑着枣枝。

收获季节，枣农们扛着长长的打枣竿，拎着柳条筐，拎着大床单收枣来了。几个调皮的姑娘跑到前面，偷偷地躲到树后，拽起树枝一摇，熟透的枣子带着水珠儿“呼呼”砸在小伙子们新剃的，露着青头皮的脑瓜上，蹦了个高又滚落下来。姑娘们乐得前仰后合。好胜的小伙子们哪肯吃亏，绕个弯儿钻到姑娘们背后，趁她们不防，猛地挥动枣竿。“喳喳”几下，硬邦邦的枣儿又降落在姑娘们的头上，身上。她们抱着头尖叫着，跑着，闹着。一个姑娘正咧着嘴儿笑呢，一颗枣儿像中了魔术似地“呼”的一声落进她的嘴里，姑娘毫不客气，格崩一声嚼吃了。在人们的笑闹声里，枣林处处响起了“喳喳”“哗哗”的声音。一阵阵红雨落地了，一座座枣山堆起来了，性急的拖拉机手在地头上不住地摁着喇叭……

“这遍野的枣子怎么看管呢？没人偷么？”我自语着。身旁一位老大爷捋着白胡子冲我哈哈大笑，带着骄傲，自豪的神情：“同志呵，莫小看俺枣乡人哟，过路人吃把枣子不算偷的。”

老大爷姓常，年有七旬，鹤发童颜，精神矍铄。他吸完一袋烟，烟锅往鞋底上一磕，拉着我说：“走，我领你去看枣树王！”在一个场角上，一棵足有两搂粗的大枣树，像一个饱经风霜的老人站在那里，树皮脱光了半截，树心也空了，但仍枝叶繁茂，年年挂枣。传说，唐朝的罗成将军还在树上拴过战马呢！

奇怪的是，树干上有一圈圈的硬枷一直到通杈的地方。我又看看其他的枣树，凡结枣的，每棵都有。常大爷告诉我，枣树长到三五年后，就要用刀在树干上划一道口，可以控制树的养分，多结枣，结枣甜，这叫枷树，每年春天枣花飘香的时候结枷。

夕阳收起它的缕缕金线，又开始编织夜的帷幕。我隐隐觉得身上有些潮湿，哦，下雾了。收枣就怕这样的天气，枣树着雾后叶子发黄，枣子自动脱落，留在树上的也裂了皮，雨水一灌便腐烂。“能治雾吗？”“能。你瞧！”我这才发现，枣林那边冒起了缕缕浓烟，接着又有几处也点着了篝火，顺着风向飘起了烟雾，不一会儿，枣林里便浓烟滚滚了。这是人们在“撵雾”，如果不是有人告诉我，说不定我还真的跑去救火呢！

晚上，常大爷约我到他家做客，我欣然同意了。

这是三间宽敞明亮的大瓦房。炕上花被窝，桌上大座钟，墙上还挂着一串串带着绿叶的红枣呢。

常大爷端给我一碗茶，“来，品品味儿。”我小啜了一口品着，这是北方人喜欢饮用的茉莉花茶，不同的是，香味里透着一股枣子的甜味。这里的人们喝茶的时候，总爱将五六颗枣子放在火上烧熟，然后，连同茶叶一块沏到壶里。怪不得枣乡人个个身骨强壮，年寿益长呢。每到逢年过节，枣乡人便做了花样繁多的枣馍，枣卷，枣糕，枣饭；婶子大娘，东邻西舍的，你送我，我送你，一来是礼节，二来是显示一下自己的手艺。

常大爷几杯热茶落肚后，谈兴更高了，他指了指挂在墙上的带着绿叶的枣儿，神秘地问我："知道做什么用场的么？"我摇摇头。他小声告诉我，这是他的女儿精心选出来的，闺女正谈恋爱呢，小伙子是个部队上立过功的好战士，姑娘每年秋天都用带着绿叶的金丝枣儿，缀成精美的枣篮捎给心上的人儿。真想不到，在这里，金丝枣儿还是表示爱情的信物呢。

"常大爷，在爱情里，红枣象征什么？绿叶象征什么？"常大爷呷了一口茶，兴奋得满脸红光：

"这个嘛，红枣是一颗诚心，绿叶，表示长久。"

多么动人的"长久"啊，它不仅存在于男女爱情之间，而且是大自然赠给整个人间的"信物"，所以金丝枣才那么甘甜，那么长久……

选自《散文》1981年第12期

童　眸

湛　岭

“叔叔，奶奶等着看我的照片呢，咋还不寄来……”信中一声声稚嫩的呼唤，仿佛那黑亮的眸子里闪出的一团光焰，烧红了张小斌的脸，复燃了那不该忘却的记忆。

小船在海上颠簸了两个小时才靠了岸。

温馨的海风吹来，带着浓浓的芳香。

菊花岛名不虚传，到处是野菊花。远望，像天上坠落的星星，又像菊花湖，近看，像孩子一张张纯真的脸。

张小斌一路走，一路拍照。

陶醉在菊花世界里，竟迷了路。不见了海，也听不见海的声音了。

走进一个渔村。村口挂着一张织了一半的渔网，透过网眼，他看见一个老人光着古铜色的膀子，叮叮当当地在修一条大渔船。多么优美的画面！他正要拍照，只见一个黑黑的小男孩藏在树后，透过渔网，好奇地、痴痴地望着他，眸光里跳动着一种希翼和渴盼。

“哎，小朋友，去码头怎么走？”

“下坡儿向东走，半个钟头就到。”小男孩从网后面钻过来，用亮亮的嗓音回答。

张小斌看了看表,还有一个小时船才开,想买点海货回去。

“小朋友,你知道哪家有海蜇吗?”

“谁家都有。”小男孩说话时,眼睛一直盯着他胸前的照相机。

小男孩钻过渔网,拿起一把梭子,摆出织网的架势,小嘴儿乐得合不拢,露出少了半颗的门牙,眸子里闪着纯洁的灵光,等待着给他拍照。

张小斌端起相机,突然意识到没有胶卷了。小男孩还在那里天真地笑着,总不能让孩子失望啊。他终于对好焦距,按动了快门。

“这张照片,我要送给奶奶。奶奶说我懒,这下,奶奶不会说我懒了。”小男孩跑过来,眯起眼睛,看着天空,美美地笑了,童心得到满足,都是这样笑的。他两只黑黑的小手不停地摩挲着黑黑的像船底一样平平的胸脯。

“叔叔,你出过海吗?没有?我跟奶奶出过海。奶奶每次出海,都要带上几朵菊花,菊花是我们的保护神。

“我们这里海蜇多的是,天不亮就得出海,铁钎子上拴条绳子,一扎一个,能捉很多的海蜇。叔叔,你看。”小男孩神秘地眨了一下眼,蹦跳着拐进一条小巷。

不一会儿,他手捧着四张晶莹的海蜇皮跑回来,足有四斤重。“给,海蜇皮拌菜,很好吃。”

“多少钱一斤?”

“不要钱,家里有好几缸呢。给,尝尝鲜。”小男孩大度地不容拒绝地把海蜇皮塞到张小斌手上。

张小斌还是掏出了五块钱,往小男孩手里塞,小男孩躲开了,用不可思议、略带责备的目光看着他。

“那怎么行。大人不会说你？那……我再给你照几张相吧。”话一出口，张小斌后悔了，这不是欺骗孩子吗？

小男孩向前跑了几步，趴到菊花丛中，嘴里还衔着一朵，歪着头，黑亮的眸光里流露着真诚的憧憬……

看着和菊花融为一体的孩子，张小斌心里忐忑不安，脸上冒出了汗。他手微微颤动着，把相机的镜头对准了小男孩……

张小斌热辣辣的脸上滚落着汗滴，他感到一股隐隐的内疚之痛。他不敢正视孩子那清许如水的目光。萍水相逢，小男孩那么真诚地相信自己，可自己竟欺骗了一颗童心，让他天天在村口、码头翘首盼望自己的照片。

张小斌再看自己拍的那些菊花照片时，欣赏得意的心情烟消云散，顿生一种罪惭之感，他觉得自己对艺术是一种亵渎。

一闭上眼睛，他就看见了那童子的眸光，而在那张纯洁的底片上显现出的则是一抹阴影。

选自《散文》1984年第11期

壮哉，太行群峰

——麻田寄情

温　暖

去过一次麻田，久久不能平静。山光水色，旧闻新见，音影容颜，入梦牵魂。想写的东西实在是太多太多了，可总是珠不联串，宝不成器。

是的，不能忘怀，麻田的山，巧极秀极，奇丽清新，有的亭亭然窈窕端庄，像三峡的巫山神女；有的直挺挺惟妙惟肖，像黄山的梦笔生花。有的活像龟兔赛跑，有的酷似古堡残垣。峨眉之秀，泰岱之险，在这里都可以俨然入目。我想，倘有雅兴，定还能当场演绎出许多名堂而不致牵强附会、流于俗套。据古《辽州志》记载，境内翠峰秀岭，重峦叠嶂，什么凤凰山，龙门山，紫金山，紫阳山，五指山；笔架山，摩天岭，十八盘，还有天马山等等，单看这响亮别致的名字，就不难揣摩它的画面了。可千百年来它却一直默默无闻，鲜为人知。若不是八路军总部把抗日的大红旗插到这里，麻田这个珍珠般的小镇怎能放出光彩，麻田的一座座高岩峭壁又怎能瞩目于天下呢？

是的，不能忘怀，麻田的水，净净冽冽，清澈晶莹，流满河，溢满渠，或波涛滚滚、咆哮而前，或轻吟低唱、汩汩有声。及至进入那片片稻田之后，则又一方又一方明镜似的，嵌地仰天，光照寰宇，审视着日转星移、风云流逝。也在敲定着春华秋实、丰歉饱秕。

以前，在一些报刊的文章中，曾多次见到这样的描述："麻田，素称太行山上小江南。"这次到来，麻田人才亲自告诉我，"小江南并非素称。"原因嘛，至少有二。其一，麻田虽紧偎于漳河湾内，可村东大片土地，自古不兴水利。一九四〇年，八路军总部进驻以后，惜水惜民，很快帮助群众像南国水乡似的安起了一架脚踏式大轮水车。但是，那些姑娘小伙子们像欢唱《九九艳阳天》似的刚刚唱起那悠扬动听的辽县民歌，水车不久就被汉奸破坏了。为此，军民更加愤慨，并肩重新开渠。当时，正值早春，冰虽初破，风犹刺骨，从来身先士卒的彭总，又第一个跳下齐膝的泥水之中……自此，麻田的历史方才揭开新的一页。其二，麻田八面屏山，地窄天小，虽为军事要冲，耕地却人均不过半亩。在那百花凋残万马喑的年代，人们无可奈何地守土种田，单一经营，以致大鹏小雀都展不开翅膀。为此，衣带渐宽，囊无分文，还有什么闲情逸致寻觅"江南"的诗情画意呢！只是有了个十一届三中全会，天地万物方才得意于这好山好水之间。"小江南"方才名副其实。这样看来纯粹的自然美有时也是不存在的。浩渺的历史，纷繁的现实，倘若没有那些善于发现、勇于护卫和能够不断开拓美的人们，世界上真正美的情愫，也就难以寻得了，这绝不是简单的主观移情论。

为此，也就更不能忘怀，那天，我瞻仰过麻田八路军总部纪念馆及邓小平、彭德怀、左权同志的故居之后，我咀嚼着那大大小小一次又一次的战斗滋味，又去晋谒抗战殉国烈士纪念公墓。此外，司机小李成为当时的向导。这不只因为几年前他来过一次，而且他是红军的儿子，他对老一辈革命家的情感显然更深厚一些，不过，根据他的习惯，他把此处只称为"将军墓”,说明他对左权将军总是念念在心。

将军墓距麻田不过数十里，在河北涉县境内。小李按照他的记忆,先把车子停在公路边上,然后领着我们穿过一片片收过秋的庄稼地，攀埮越堰，觅路而行，约二华里，缓缓至山麓，一座座墓冢和碑坊便呈现在眼前。这里，静悄悄的，除了四季有别的山野田园外,只有长风万里和史思百绪。据说,左权将军为了抵御日寇侵略、为了中国人民的解放事业,于一九四二年五月二十五日在山西辽县麻田附近的十字岭壮烈牺牲后,到一九四三年四月五日方才迁葬于此,虽然一九五零年秋早又迁到邯郸烈士陵园,但这个公墓仍原样保存,并深为广大人民群众景仰。

左权将军墓在公墓的中部,墓周有整齐的石栏,墓前有高高的石阶,墓旁有简易华表,石坊上有斧头镰刀枪杆子等镌刻颇细的图案。在当时极端困难的战争环境中，人民群众对革命将领的敬仰之情,从这里寸心可见。司机小李告诉我们,说他从当地一位老人口中曾经得知，这个基地是经过许多人精心选择的。“背靠王帽山,面对大清川,左旗右鼓好地方。”这位憨厚的小伙子一边说,一边指点着前后左右的山川形貌,用其浓重粗犷的方言，一句一句给我们进行形象的解释。在他嘴里,这三句话不仅是押韵的顺口溜,而且感情十分凝重,内在也很丰富。他认为这样的风水宝地，除了肯把热血献给祖国的将士,别人是不配在此长眠的;同时,也只有左权将军的英灵,才使太行人民免去许许多多的苦难。所以,早在一九四二年“九·一八”这个难忘的日子里，当时的晋冀鲁豫边区政府，就根据广大人民群众的愿望，正式宣布改辽县为左权县，并在当时县府驻地西黄漳村，召开大会，派员授印，把人们的无限哀思，永远地寄托在中国版图上一个崭新的县名。

小李的话使我凄婉悲愤，使我感慨思索，使我对左权将军更加肃然起敬。于是，当我默默地伫立在墓碑前的时候，脑海里便渐渐出现了一个跃马横刀的形象，瞳孔里也渐渐映入一个叱咤风云的英姿。这碑文原是彭德怀将军亲笔书写，虽经多年的风雨剥蚀，有的字已难以辨认，但笔势沉雄，言简意赅，大体上还可知道，左权将军是湖南醴陵人，“幼聪敏，性沉静，稍长读书，即务实用”。入党后，“向往真理尤切，始学于黄埔军校，继攻于苏联陆大，业成回国，戮力军事，埋头苦干，虚怀若谷，虽临百险，乐然不疲。”作为八路军总部的副参谋长，“五年一日，建树实多”，牺牲时“年仅三十有六，壮志未成，遗恨太行”，恸失优秀指挥，故“隆冢丰碑，永昭坚贞不拔之毅魂。”

读到此，我的心怦怦愧跳。作为一个革命的后来之人，承乘前荫，无所作为，正感尘颜羞惭，忽见碑的末尾还有这样几句：“德怀相与也深，相知也切，用书梗概，勒石以铭，是为志。”至此，许多动人的故事，霎时又响在我的耳边——彭老总如何关心群众、问寒送暖。左权如何冒着暴雨深夜救人……

啊，我所不能忘怀的还有很多很多，可是，我不能再赘述了。刚才休息时，我看到一幅题为《太行铁壁》的中国画。画面的主体看来是一个太行特写镜头。虽然高不见顶，深不见底，但其险峻、嵯峨、坚毅、峭拔，以及那沉雄壮阔的气势，却跃然纸上，赫然在目。然而更奇特的是，由于画家独具匠心，把朱德、邓小平，彭德怀、左权等无产阶级革命家以及人民群众的光辉形象，同这巍巍太行巧妙地融为一体，于是，中华民族的浩然正气，英雄太行的威武不屈，万千精神，就一下子全都光芒四射地展示在人们面前了。画面的形象处理，既注重于历史的真实感，又表达了本质性的象征意义。笔触粗犷而细腻，神韵阳刚也阴柔。庄严肃穆，和谐契合，深邃幽远，内蕴丰厚。有很大的思想容量、艺术容量和感情容量。在这里，画家想象的翅膀，驰骋得那么恣意，那么自由，而又那么准确、简洁。山即是人，人即是山。史诗般的画面，画面上的史诗。不能不使我叹为观止，并联想到血火中的硝烟烈焰，联想到油灯下的运筹帷幄，联想到麦场上军民同乐，同时也联想到麻田的山水人物和那一串串可歌可泣的史实。古《辽州志》中有这样一首诗：

春来胜地也寻常
柳绿桃红一样妆
最是群芳收拾尽
此山无日不风光

《太行铁壁》不愧为英雄太行的写照，不愧为圣地麻田的写照。

如此，我无需再徒劳什么了。我对麻田的万缕情丝，就完全寄托给这件艺术珍品吧，我一定要把这画藏到我的书箧之中，藏到我的记忆之中，以期对我、和对我的孩子们都有所裨益。

革命圣地麻田千古流芳，

壮哉，莽莽太行群峰！

选自《散文》1985 年第 8 期

马　兰　花

力　群

春天来了,我想起我的童年,想起了童年时代的马兰花。

马兰花开放在春天,也开放在我残年的记忆中。

春天是美丽的,童年是美丽的,马兰花也是美丽的。

春天是生命的童年,马兰花是春天的象征,而童年是人生的春天。

我怀念童年时代的春天,
那蓝色的春天,梦境的春天,
那永逝的人生的春天,
那永逝的盛开马兰花的童年。

马兰花开在童年春天的地边上,一丛一丛地。

那茂盛的绿叶如春兰,花状如兰花,花色比春日的蓝天还蓝。它鲜艳,娇羞,躲在叶丛中,蓝的迷人,吐着浓烈的芳香。

看到它就联想到姐姐绣花的蓝丝线, 也联想到妈妈头上的翠蓝簪。

马兰花是蓝色的,春天是蓝色的,我的如梦的童年也是蓝色的。

我就爱马兰花的群青蓝,它映得天也蓝,地也蓝。

马兰花是爷爷种在地边的，每年春天我都和小姑娘们采马兰花玩，爷爷也不骂，但蜜蜂却不让我们采，它藏在马兰花的心中，我采，它就偷偷地刺我的小手，蜜蜂真讨厌，好像它是马兰花的忠诚卫士。

我和小姑娘们终于每人采了一束马兰花，我们互相比赛着，看谁采的马兰花最多，看谁的马兰花最蓝，看谁的马兰花最香。

我们举着花束在蓝色的春天里跳着蓝色的舞，唱着马兰花的歌，歌曰：

马兰花，蓝又蓝，
姐姐长大当新娘；
马兰花，香又香，
妹妹穿上花衣裳。

爷爷在秋后割马兰叶，那时马兰花的叶子发黄了，但还做着春天的梦。

爷爷割下马兰草，一捆一捆地扎起来，放在南房里，这是爷爷的一种收获，像到了深秋张大伯收获了红花椒，李叔叔收获了大红枣。

在严寒的冬天，马兰草独自躺在南房里，沉睡着，做着盛开马兰花的梦。它梦见小蜜蜂，也梦见花蝴蝶……

一到春天，爷爷就把黄色的马兰草从沉睡中唤醒，从南房里抱出来，浸在春水中，然后用柔软坚韧的马兰草把新出土的葡萄藤一一绑扎在木架上。

葡萄藤的刀伤处淌着泪，泪水一滴一滴滴在葡萄架下，润湿了土地。你悲哀什么呢？难道你不欢迎可爱的春天，不愿在春风里发芽开花吗？

然而黄色的马兰草不流泪，它知道马兰花又在开放了，发着鲜艳的蓝色，飘着浓烈的芳香。享受着春天的欢乐。

而且它紧紧地绑着葡萄藤也感到自豪，像一个姑娘不以作打扫马路的清洁工为低下，而感到为城市美容之光荣。

端午节来临，爷爷就把带色的马兰草煮在锅里，然后用柔软坚韧的马兰叶穿针引线缝绑那用绿色的苇叶包好的绿色的粽子。

我吃着香喷喷的用马兰叶缝绑着的粽子，就想起那蓝色的浓香的马兰花。达时马兰花已经开败了，在叶丛中正结着豌豆似的绿色的种籽。但它仍做着春天的蓝色的梦。

在炎夏，姐姐坐在大槐树下的绿荫里，舞动着她的巧手，用绿色的马兰叶编织绿色的小狗狗，绿色的小蛤蟆……

现在，姐姐已经去世了，但她的这些神奇的创作，却童话般地活在我的记忆中。我爱这些富有生命的绿色的小狗和绿色的小蛤蟆，它们像蓝色的马兰花开放在我的心田里。

选自《散文》1985年第10期

童年逝了，故乡永在

力　群

我的故乡既没有如镜的明湖，也没有葱郁的森林；而只有那贫瘠的荒山和低矮的灌木。

我的故乡既没有孔雀和白鹭，也没有香蕉和荔枝，而只有那喜鹊和乌鸦、茄茄和酸枣……

然而故乡在我的记忆中可美丽了。

故乡虽然已没有我的活着的亲人，也没有童年时代的伙伴和童年时代的桃园了，然而我还是想念故乡，有如想念亲人。

那熟悉的梯田，熟悉的河水，熟悉的古槐，熟悉的野草……都使我感到亲切，他们像亲人似的向我诉说故乡的经历和故乡的悲欢。使我好像看见了童年时代的大爷、童年时代的伙伴、童年时代的野花……。好像伙伴们还和我在山野里摘茄茄，掏雀雀……，好像野花还盛开在童年时代的山坡上，发着蓝色的光，吐着迷人的芳香。

人们说："儿子不嫌母亲丑"，但我却感到："游子不嫌故乡穷"。

故乡是贫穷的，但它在我的童年的回忆中却是一个可爱的童话世界。

春天来了，金黄色的蒲公英在路边耀目，深紫色的荞璐璐花在桃树下送情，蜜蜂在粉红色的杏花间歌唱，蝴蝶在蓝色的天空飞舞，金翅鸟在刚放绿叶的柳树上细语，嫩黄的榆钱在春风中颤动,山鸡在初醒的山岗上欢笑……

童年时代的故乡啊,你是何等的美丽!

听到故土的乡音,就好像看到了故乡的亲人,虽然活着的亲人都没有了。

看到故乡的一草一木,就能引起我对童年的回忆,虽然童年时代已一去不复返了。

让我再回到已逝的童年的美梦之中吧。让我飞回和小伙伴们玩过家家的童年时代吧。

惊蛰过后,在大有暖意的日光下,在背风的阳坡上,我和童年时代的小情人拨土寻觅尚未冒尖的芳草,是它向我们预示了可爱的春天将临。

春天终于光临,我和小朋友共采金黄色的蒲公英和深紫色的荠璐璐花,好像她是小花神、而我是小天使。我们都陶醉在春姐姐的怀抱里,有如蜜蜂陶醉在紫丁香的花丛中。

喜鹊飞在地上忙着衔柴草,营造她孵育儿女的新居。

大爷在南山上耕地,吆牛声响彻山谷。

婶婶用鸡毛从蚕纸上轻轻拂扫初出卵而如小蚂蚁似的幼蚕。

我在小手挖的土灶下用柴草生火,冒着炊烟;她在小石片上忙着用野草给我做香饭。

突然,她的小鼻子闻到了烧布味儿,呀,不好了,是我的棉袄烧了个大窟窿。要让妈妈看到了,可了不得。她回家偷来针和线……

…………

我们都穿着开裆裤,有如亚当和夏娃,两人在乐园里形影不离。然而是几时吃了蛇给的智慧果?是几时被上帝逐出了伊甸园？

“文革”后期，我下放在别离十余年的故乡劳动，一天有一个老婆婆来我家串门，天呵，真没想到是她在童年时代给我缝补过棉袄。

我感到悲哀。时间呵！你竟是如此无情？一别六十载，彼此竟成了陌生人。难道她能不回想到当年的往事？我不好问。但她的到来却破坏了我尚存在记忆中的童年时代的好梦。

如果是一只雏鸟，一旦羽毛丰满，有力飞翔，就要告别母亲，飞出小巢、离开故林，飞向蓝色的天空，茂密的森林，蔚然的山谷，无边的大海……

而我，当被上帝逐出乐园，有了飞翔的能力，也就告别了母亲，告别了故乡，飞到了遥远的异乡。

然而故乡呵！不论我在江南的西子湖边，还是在上海的黄浦江畔；不论我在长江的黄鹤楼下，还是在西域的伊犁河边；不论我在北国的黑龙江岸，还是在西双版纳的椰树林中；不论我在异国的涅瓦河边，还是在左琴科的故乡……游子虽然在外，心却常常把你思念。尤其在皓月当空的夜晚，不知千百次地想起李白“举头望明月，低头思故乡”的诗句。

我好比故乡手中的一只永不断线的风筝，飞得多高，飘得多远，也总被她那无形的情丝所牵系。

飞鸟思故林，池鱼思故渊，你贫穷的故乡呵，虽然山是如此的荒凉，河是如此的枯干，而我的一颗游子的心却总不能不把你思念。

故乡灌木林中最多的是酸枣和荆条，我不论在庐山的石间或是北戴河的海岸，一看到它们就像在异国遇到故乡的亲人，碾碎那如掌的绿色的荆叶，一股熟悉的薄荷似的香味扑鼻而来，有如向我表示亲切，向我叙说乡情。

一次在重庆公园里，在精致而名贵的盆景中，竟看到一株久违的小小的荆条树，像见到一个乡亲在异乡做了大官，它骄傲地向我笑笑，而我却真得要刮目相望了。

荆条在故乡名曰“鸡稍”，夏天开着群青蓝的小花，在山野里蓝得发光，蜜蜂忙着在花间采蜜。听说“鸡稍”花的蜜是蜜中最甜的蜜，像兽中的虎，人中的杰。

那长长的“鸡稍”条，是编织筐筐的好材料，像芦苇能编织精致的席、像丝线能绣出美丽的花。巧手的大爷能编出我心爱的小花篮。

叔叔们一到初秋就把一捆捆的“鸡稍”割回来，让婶婶大姐姐在月光下团成团，它是故乡人家生炭炉子最好的引燃物。当妈妈用脱粒过的高粱穗从炉齿下将“鸡稍团”点着火时，一面从锅下冒着烟，一面就听到燃烧的鸡稍籽噼噼啪啪地响，既像妈妈给我在锅里炒豆子，也像爷爷在除夕之夜放鞭炮。

童年永逝了，而故乡永在。

难道我之怀念故乡，就仅仅因为故乡有过童年时代的梦？

仅仅因为我和故乡的山山水水一草一木有着浓厚的感情？……

还因为我的心总在牵挂着那在故乡的土地上和姑娘们亲手栽植的绿色的林。

“文革”后期，我在故乡下放劳动，荣任过林业队长。

清明时节，在故乡的沟沟壑壑同姑娘们一起勤奋地植下了近一万株树，其中有挺拔的钻天杨，柔情的紫穗槐、坚实的东北榆、产蜜的稷山枣……。现在，它们在茁壮成长。

这是我和姑娘们用汗水浇灌的成果呵！这些树木的根扎在故乡的土地中，同时也扎在我的心田里。

我爱树木，像爱我的故乡；我保护幼林，像保护我的眼睛一样。

春风吹醒了故乡的土地，我和姑娘们亲手栽植的树林在发芽，那小小的绿芽呀，我看着多心爱，像看到童年时代的好友，像看到世界上最美的绿宝石。

这绿芽呀，赐给我多少的欢乐，多少的希望。

我爱绿色，因为绿色就意味着生命，意味着希望，意味着人类的幸福。

我又在做美梦了：

梦见故乡的山沟里筑起了小水库，有镜一样明的绿色的湖面。有鲤鱼和小虾在湖中游荡。

梦见故乡的荒山为葱郁的绿色森林所覆盖。上有蔚蓝色的天空，下有清澈的细流……

在森林里出没着野鹿和锦鸡，湖水迎来了白鹭和天鹅。

这是我多年的绿色的梦，也愿成为所有故乡儿女们的梦……

选自《散文》1986 年第 9 期

翠微亭寻踪

姜继永

岳飞，是宋朝伟大的民族英雄，也是位杰出的诗人。他的诗《池州·翠微亭》，为人们千古传颂。

池州，现为安徽省贵池县，翠微亭在城南齐山之巅。出城三华里，便到齐山脚下，过仙人桥，越响板洞，向山顶爬去，没有路，也没有台阶，是从石林缝隙中穿过的。层岩嶙嶙，怪石惊人，石林侧面，或生出丛丛绿竹，构成竹石长寿图；或兀立几棵朽树，显得苍山不老；或伸出株株红杜鹃，染就点点丹心。上得翠微亭，景色更为壮观，它被东南湖团团包围，三面环水，北卧长江，远山起伏，一叠一嶂，时值仲春，山花灿灿，青翠的山峦倒映湖中，呈现一派清新秀丽的湖光山色，岳飞那充满强烈爱国情操的诗句油然萦响在我的耳鼓：

经年尘土满征衣，
特特寻芳上翠微。
好水好山看不足，
马蹄催趁月明归。

据《齐山志》记载："宋绍兴四年十月，岳飞自鄂州奉诏出师池州，屯营齐山。有诗，刻于齐山东九顶洞上。"我还想找到这珍贵的遗迹，便不顾山岩陡峭，爬上九顶洞。洞岩上断碣残文不少，但未能找到岳飞的诗刻。不过，也没白跑，找到不少宋以来历代纪念岳飞的题诗。《步岳忠武王韵》：“当年勋业振戎衣，遗迹将烟古刹微。结伴寻幽凭吊处，空山唯有白云归。”英雄的功勋将与天地长存。另一首《凭吊岳将军》诗：“黄花香艳前郫酒，红叶秋生古寺门。千载翠微遗韵在，明月何处吊忠魂。”英雄浩气与日月同辉。岳王庙虽只留下残壁断垣，但人们还清晰记得墙壁上绘制的“岳忠武马蹄趁月”的巨幅画图。真是“齐山景物好，武穆迹千年。”巍巍层峦，无处不刻着人民对英雄的深深怀念。

我在齐山上细细寻觅，在翠微亭上久久盘桓，我找到了人民爱国英雄所在，我觅见英雄肝胆所依。古来，大凡民族英豪，总是爱祖国，爱人民，爱祖国大好河山。他们用热血保卫祖国，往往把壮志和豪情抒发在祖国山河上，山河浸透着他们血液，他们的血液和河川溶在一起。山河，是他们生长的地方，是他们感情的依附，是他们壮志的寄托，是他们纵横驰骋的疆场，也是不容敌人侵犯的地方。岳飞作为一位杰出的民族英雄，更酷爱祖国好水好山，当祖国土地遭到践踏，怎能不拼死“还我河山”。“渡河洛”，“向燕幽”，“号声风雷迅”，“恢复旧神州”，一声声，一句句，一颗心，一滴滴血，都映彻神州大地，都注入神圣河川。

咚，咚，咚！一阵敲击声把我的思绪打断。回头一看，原来是位老者拍击翠微亭柱发出的铮铮响声，并且连声说：“铁柱，铁柱！”

是的，翠微亭，是不朽的。

选自《散文》1986年第6期

岁月，不能回流

成　败

糖人儿，是最能逗人情思的了。

捏糖人儿的，是一位老翁。“老翁”，家乡人人都这样称呼他，就连怀里抱着孙子的老人，也这样说：“我们小的时候，就吃着他的糖人儿，那时，他就是一个老头儿了。”然而对于他，人们却又不详姓字，亦不知“贵庚”，那皓首苍髯，恍若隔世之人了。每年初冬，他悠悠而来，春天，又匆匆而去。来时，人们带着笑容迎接他；去时，人们又无限惆怅、依恋：糖人儿遇热而化，他会不会也“化”了呢？但到了下一个冬天，他又悠悠而来了。

一副担子，前是糖锅，后是坐凳。糖锅旁放着各种工具，工具有刀、剪、镊、模；坐凳上挂一布兜，布兜里面装着麦秆儿。锅里有半锅糖，黑红色，表冷而里热；老翁皮肤粗糙，动作迟钝，然而心灵手巧，外俗而内秀。择一向阳地方，打扫干净，这才操起那带着沙音的破铜锣，“咣、咣、咣”几下，便招来了全村的孩子们，一些性急的娃娃，还会牵着奶奶和妈妈的衣襟跑哩。

老翁从不讨价还价，能满足每个孩子的心：破盆烂碗，旧鞋底，甚至一把麦秆儿，也能换来称心如意的糖人儿。这里是孩子们的天地，大人在旁，也从不多嘴，一任孩子选择。男孩子多是要“猴抡棍”。只见老翁用锅中的圆木棍儿，挑一块黏糊糊的糖来，放在手中搓来搓去，倏忽便成猴之雏型，再精雕细刻，刀剪齐上，末了，屁股上竖插一竹棍儿，肩上平穿一麦秆儿，再往其孔中过一细竹篾儿，两边反向弯成九十度，尖头贴一小圆糖。成了，拿在手中一摇，猴抡棍之式活灵活现。女孩子则多是“老鼠顶石头”。开始，只见老翁取一大块糖弄来弄去，似乎要做个很大的老鼠。孩子窃喜，以为玩过了吃糖也是便宜的。谁知这时，又见老翁双手各执一头，慢慢拉长，越拉越细，屏住呼吸，气运丹田，直到老翁认为最好的时候，这才一边举起，一边吊空，那空着的手去轻轻一弹：掉在锅里的是四分之三，手中仅剩一点，孩子们都笑了，老翁也笑了。然后，他把那细头放在口中，口在吹，手在弄：老鼠的肚子鼓了，头也现了，两只耳朵尖尖的，嘴巴也出来了。再取一糖粒，置于鼠头，再吹，“石头”也出来了。栩栩如生，形象逼真，乐得孩子们哈哈大笑，大人也忍俊不禁了。至于那人物头像，则多是实心：拈一糖块，放在模内，压实，再取来麦秆贴上一提就行了；而较多复杂的三战虎牢关，醉打蒋门神，则需要花费更长的时间，也非三分五分所能买到。

年底年初，老翁的糖人儿摊前是再热闹不过的了。在城里工作的人都回来了，于是，孩子们便少不了拉他们到糖人摊前。这个喊叔叔，那个叫姑姑，什么没过门的婶婶和未结婚的“姑夫”，也被他们统统叫来了。那些平日里从父母那儿索不来钱，抑或家里能换的什物早已换光了的孩子们，这时便会缠来比其他孩子更好的糖人儿。尽管，他们的父母在一遍一遍地骂着“人来疯”，或者掏出腰包，给孩子摸出几分零钱，再在额头上戳一下：“咱等晚上着！”但孩子却全然不顾——能欢乐时且欢乐，过后挨打怕什么！这个时候，也是老翁最高兴的时候。他会看到：那位多年前穿着开裆裤，一天到晚围在他摊前的铁蛋，竟成了“解放军叔叔”，那位为换糖人儿偷了他爹尚能穿的鞋，挨了打还没吃上糖的二柱，也当上了工人，那个剪了自己头发换糖人儿，被她妈痛打一顿的芳芳，架上琥珀眼镜当上了教师；还有那不知叫啥名儿的小伙子，正挎着位“时髦”，在指着老翁讲他小时候弄糖人儿的故事……这时，老翁脸上便绽开了花。在大家的问候声中，说：“老了，快到那冬暖夏凉的地方(指坟墓)去了。”

我小的时候，父亲在城里工作，妈妈手头多少宽绰些，这就使我有更优越的条件弄糖人儿。皮球可以不玩，饭菜可以不吃，而糖人儿却不能不弄。锣一响，准到；人去摊散，还乐而忘归。妈妈也在摊前，我挑选，她出钱，花几分钱买孩子个笑脸，妈妈是从不吝啬的。按妈妈的想法，玩玩而已，吃糖为本，玩着痛快，吃着有味，老人们总是讲求实惠啊！而我，却不这样想，一来总是“猴抡棍”。久而久之，那老翁竟认识了我，我一到，他准会笑眯眯地说：“猴来了！”猴抡棍不知买过多少次，也不知化过多少次，老翁操作的全过程，我竟也了如指掌，成“猴”在胸了，闭着眼睛，我也做得来，只不过没有老翁做的好罢了。玩，也和其它孩子不同，总是把它插入炕边的砖缝内，早晚总要看来看去，每每梦中还在玩哩。为了不使它化，我睡的土炕从不要妈妈烧，更不要说生炉子了。有一年，竟放到三月初上，我高兴得半宵没睡，谁知一觉醒来，它却成了“流泪的红蜡烛”，我也哭成泪人儿了……

及至我高中毕业，回乡做了民办教师，还特别喜爱弄这玩意儿；不过，这时我的心绪已不在那“猴抡棍”、“老鼠顶石头”了——我让老翁做“蚂蚱吃辣椒”，置于桌上，插在瓶中。每每夜阑人静，我伏在案头备课时，便不时地瞟上一眼两眼：灯光下，辣椒是那样的鲜红红、活脱脱，嫩而欲滴，惹人爱怜；而蚂蚱，那翅膀一会儿是青的，一会儿是蓝的，一会儿又变成黄的。色调全凭灯光照耀，而又需要从不同的角度着目，它后腿很长，略向后蹬，身子前倾，看上去真像刚跳上辣椒杆，立足未稳的样子；眼神，则是那样的专心、认真，甚至贪婪，竟不知“黄雀在后”了。每当这个时候，我倦意全消，嗅着清新的墨香，认真备起课来……

关于糖人儿的记忆是很多的，关于老翁的事儿却一点儿也不知道。有几回，凭着和他熟悉，我鼓起勇气问他，他却一个字也没透露。几年之后，才从旁人口中得知，老翁九十多岁了，他的手艺，是从他的爷爷，一位清朝同治年间的人手中得来的，捏糖人儿的，在那个时代，是被人瞧不起的，与乐人同类，和乞丐划一，媳妇自然是娶不上的。好在他爷爷曾在清廷干过事，娶下了他的奶奶，生下了他的父亲，而他，则是他父亲从一位要饭的手中买下的，时年十岁，契约上言明：买儿不在防老，无子亦非不孝，缘为继承祖业，使其发扬光大。

这一年，我考上了大学。四年后，分配到省上一个文物单位。报到之后，我赶回家里去——我要找到这位糖人老翁：黄金有价，糖人无价，而老翁，则是一个活宝啊！捏糖人是民间艺术，是祖国光辉灿烂文化的一部分，我要把这个瑰宝抢回来，留在我们的艺术宝库，让我们的子子孙孙知道，他的祖先，曾有这样一种艺术样式。

然而迟了，待到我诚惶诚恐地来到这面土窑洞时，老翁已殁了。乡邻们告诉我，老翁仙逝在上一年的中秋。在那藕大如船，饼圆如月的夜晚，茕然无依的老翁，在秋风呜咽，灯影暗淡中去了。去时，老翁心里是很明白的，他说，几十年里，我走街串巷，逗乐了孩子，孩子们大了，却没有看得起这个行当。末了，他嘴里数十遍地念叨着：“和尚没儿孝子多，孝子多又顶什么？”

我哭了……

选自《散文》1987年第2期

绵绵思绪吊书魂

——柳公权墓地记游

董小龙

还在小学念书的时候，每天课前的毛笔大字便是临写《玄秘塔》，因此，对柳公权的名字印象很深。及至进了县城，念了中学，这才知道大名鼎鼎的唐代书法家柳公权的出生地和葬埋地都在我的家乡——耀县。于是，言里语里睡里梦里都想去柳公墓地去凭吊、游览。然而，正像郁达夫先生在《钓台的春昼》中写的："因为近在咫尺，以为什么时候要去就可以去，我们对于本乡本土的名区胜景，反而往往没有机会去玩，或不容易下一个决心去玩的。"

然而，机会终于来了。

春早，又雨丝缠绵，我搭乘了公共汽车，出耀县古城，往西、再往西，下车、步行，翻沟、越岭，沿一条仄仄的小径走去，远远地便看见了柳公墓。

柳公墓坐落在一片空旷的田地里，周遭是塄塄坎坎的山坡，远处是蒿草摇曳的山岗，透过轻烟寒树，便是点点房舍。没有陵园，没有殿宇，没有石兽，没有人前来问津，寂寞、荒芜。面对这冷冷清清和普通人的墓冢没有什么两样的坟丘，我不敢相信这就是那一代书坛星斗的栖身之地，这漠漠黄土，萋萋荒草的下边掩埋着的就是那柳骨书魂。

我蹲下身子，仔细辨认墓前石碑上的字迹。那是清代乾隆年间陕西巡抚毕源所立，上刻："唐太子太师河东郡王柳公权墓"十四个隶书大字，碑高一点八米，宽零点七四米。墓东，并立着其兄柳公绰墓，墓前亦有毕源所立石碑，上书："唐兵部尚书柳公绰墓。"往北，还有柳公权的祖茔，与他们兄弟二墓相距不过一里之遥。

雨丝缕缕，凉意袭人，我站起身子，绕坟三匝，目光停留在墓旁唯一的一株古柏上。雨中的古柏葱郁、苍劲、凝碧，翠云如盖。望着这墓旁的古柏，蓦然间想起杜甫的"千秋万岁名，寂寞身后事"的诗句，低徊咏叹，思绪一下子飘了起来，穿过斜风细雨，穿过田舍山岗，穿过岁月的时空……

柳公权，字诚悬，号松雪道人，京兆华原（今陕西耀县）人。生于唐代宗大历十三年（公元七七八年），元和初年（公元八〇六年）擢进士，累官右拾遗、中书舍人、翰林侍书学士、工部侍郎、右散骑常侍，封金紫光禄大夫上柱国河东郡开国公，赠太子太师。卒于唐懿宗咸通六年（公元八六五年）。

柳公权自幼天资聪颖，十二岁能为辞赋，被誉为神童。有人写诗赞扬他："诚悬十二工吟咏，元和天子知姓名。"成年后，柳公权博览群书，尤精于《左传》、《国语》、《尚书》、《毛诗》、《庄子》。他才思敏捷，通晓音律，诗文俱佳。据《唐书·柳公权列传》载：一日，上（唐武宗）尝怒一宫嫔久之，既而复召，谓公权曰：朕怪此人，然若得学士一篇，当释然矣。目御前有蜀笺数十幅，因命授之，公权略不停思，而成一绝，曰："不忿前时忤主恩，已甘寂寞守长门。今朝却得君王顾，重入椒房拭泪痕。"上大悦，赐锦彩二十匹，令宫人拜谢之。还有一次，唐文宗召公权等六学士在便殿对诗。唐文宗曰："人皆苦炎热，我爱夏日长"，公权对道："薰风自南来，殿阁生微凉。"文宗赞公权诗句“辞清意足，不可多得”。遂命他书写于殿壁，柳公权提笔蘸墨，一挥而成，字大五寸，骨力豪俊。

其实，真正影响久远，使柳公权名垂青史的，不是他的诗文，而是他的书法。他吸取前人的书法经验，对真、行、草书均有很高的造诣，但最为世人推崇的还是他的楷书。他的楷书初学钟繇、王羲之，继学欧阳洵，虞世南，诸遂良，颜真卿。融合诸家笔法，集前人书法之大成，终于形成了自己的独特的艺术风格，史称“柳体”。柳体字兼取欧体之方、颜体之圆，下笔斩钉截铁，干净利落，结构严谨，神完气足，骨力遒健，有疏朗开阔之神韵，具清劲方整之风采，与颜真卿的书法合称为“颜筋柳骨”。今天，我们还能看到的柳公权的墨迹有《送梨帖题跋》、《玄秘塔碑》、《冯宿神道碑》、《李晟碑》等。一九六六年北京图书馆搜集到一本《神策将军碑》帖，为柳公权七十一岁时所书大楷，笔势开张，风骨奇崛，是传世的柳书中最好的一种。

由于柳公权的书法精妙绝伦，他还在世时，就已经蜚声中外。唐文宗曾当面赞叹说：“钟、王无以尚也。”姜夔在《续书谱》中说：“柳氏大字，偏旁清劲可喜，结体更为奇妙”。据说那时“公卿大臣家碑志，非其笔，人以为不孝。”就连外国使臣，每次入京，也必重金购买柳书。

书法，是祖国传统艺术中的瑰宝、奇葩，柳公权的书法是闪耀在源远流长的书法艺术长河的一颗明珠，值得珍爱，值得学习。人们在珍视他的书法艺术的同时，还特别看重他的书品，人品。柳公权秉性刚直、奇崛，常常借笔作谏，讽刺昏庸。据蔡东藩《唐史演义》载：柳公权书法遒劲，得邀主赏，召入为翰林侍书学士。穆宗尝问道：“卿书何这般佳妙？”公权答曰：“用笔在心，心正则笔自正。”穆宗亦悚然动容，知柳公权借笔作谏。

汤汤岁月，凄凄风雨，柳公权，这位书坛星斗，这位忠良贤臣，长眠地下已是一千多年了，而且，还将这样百年，千年地流芳……

我又从柳公权的葬地来到了他的出生地——只相隔一条大沟的柳家原。

相传柳公权在这里度过了他的青少年时代，后举家迁居县城南郊的柳沟。如今，柳家原住宅尽废，唯存有古窑两孔，枯井一眼，周围残瓷散乱，碎瓦堆积。尽管当年景况是不复见了，但当地村民还称这里是柳家的“二亩花园六亩壕”。而柳沟则更为荒凉，只存有一处高台遗迹，还有断碣残碑。值得一提的倒是墓地所在的让义村。相传，柳公权、柳公绰兄弟在世时，就在这里选好了坟地。按照民间葬埋的习俗，应是哥东弟西。但公权官至太子太师，比他哥官大，又应埋在东边。为此事兄弟二人推来让去，不能决定。后来柳公绰先逝，公权就将其兄埋葬在东边。后人有感于公权让兄之事，遂将此村命名为让义村，一直沿用至今。

选自《散文》1987年第3期

春水伊人寄相思

陈慧瑛

丁卯初春，在中国厦门大学召开的华文文学研讨会上，著名菲华诗人云鹤先生为我携来厚厚一部书稿——秋笛女士主编的菲华女作家作品选《绿帆十二叶》，于是，我有幸成为这部新著的第一个读者。

开卷伊始，只是觉得既蒙主编厚爱，我自当屏心静气，认真拜读。谁知一篇篇读来，那或歌或哭或颦或笑或热烈或凄楚的人生际遇，那或深或浅或如大潮奔涌或如暗波潜流的心海波涛，那烛照幽微的思索那动人心弦的爱心那声泪俱下的呼吁……不知不觉地，却将我的一颗心深深吸引，面对素昧平生五彩缤纷的菲岛女作家群，我仿佛置身家乡熟悉的女友之间，或依泉煮茗，或傍海移樽，或秉烛夜话，各自敞开心扉，娓娓诉平生……

全书共收入了小四、刘纯真、纯纯、欣荷、秋笛、宰主、晨梦子、章微、紫云、超然，程黎、璇璇等十二菲华女作家的散文、小说作品凡九十篇，书中冷梅闹杏馨兰翠竹各展幽姿，真是群芳烂漫，异彩纷呈，令人如走山阴道上，奇山丽水，应接不暇；如观蜀锦，七彩交辉、“转侧看花花不定”。但统观全书，则脉络清晰，主旨分明，编者的匠心令人叹服。

纵然走遍异国他乡，纵然忘川之水飘逝了无数珍贵的积愫，然而那一缕“情波于水”的故国之恋，那一脉“剪不断、理还乱”的乡土之思，那一种“宁为玉碎，不为瓦全”的民族自尊自爱，对于华夏子孙是永永远远难以泯灭的，这种情感，在本书中得到了充分的体现。这一群生活在美丽的菲律宾岛国的女作家们，不管她们是来自香港或台湾，不管她们生于大陆或菲岛，不管她们从事什么职业、个人境遇如何，她们无不时时关心着祖国的命运，关心着华夏文化的盛衰，关心着中华民族金瓯一统事业，那一片炽热情肠，读来令人热血沸腾。在《烛泪》一文中，当年幼无知的孩子向母亲问起“菲律宾的总统是亚基诺，中国的总统是谁呢？”母亲心涛迭起，难以平静：

> 一时，我竟然呆住了，张着口，好久都说不出一句话来，怔怔地望着窗外，自伤自怜像那敲窗的雨声，一下下都能触动我的泪泉！南朝四百八十寺，多少楼台烟雨中——秦淮河在风雨中汩汩流来，孤灯不明思欲绝；卷帷望月空长叹——古都长安，熟悉而陌生，遥远而咫尺，相思的岂止是李白？洛阳的牡丹，每每在梦里开得如火如荼……
>
> ——小四《锣鼓声中》

遍读全书，诸如此类的文章不少，叫人不由自主地想起纳兰性德《长相思》里“风一更，雪一更，聒碎乡心梦不成，故园无此声。”以及张九龄的“一枝何足贵，怜是故国春”的诗句了！

对于大千世界、纷繁人生的积极向上的思索，对于高尚优雅的文化艺术的追求和鉴赏，是本书的一个重要内容。欣荷的《梦回溪头》、宰主的《有麝自然香》、晨梦子的《向往》、《过去》、《红尘外》、秋笛的《人性》、《淡淡的色彩》、《变态叶》、刘纯真的《接棒的傻子》、纯纯的《书橱 · 书瘾 · 书房》、章微的《欣赏》、《晨心晨曲》、程黎的《豆芽散记》等都属于这一类型的作品。它们或空灵，或隽永，或质朴，或旖旎，或如幽篁鸟语，或似塞马鸣空，或微言大义，或托物咏怀……虽题材、手法各异，但读来如品佳茗，清香袅袅，沁人心脾。请看：

> 世誉不足慕，浪得而来的虚名犹如过眼云烟，是没有办法维持长久的，唯有凭借真才实学创造出来的东西，才能冲越时空，闪烁今古。
>
> ——宰主《有麝自然香》

> 一块山间的凡石，因受匠人的赏识，就能被雕为无价的艺术精品。一个学生因受师长的赞赏，就心生感激，更加奋发图强。人人在生活中都是播种者。若能慷慨地把欣赏的种子，播种在周遭的人里，就能收割到满仓金黄的祥和和愉悦。
>
> ——章微《欣赏》

只要你生活过，爱过，思索过，对于以上这些信手拈来的隽言睿语，一定会深表同感。读了它们，你自然而然地会得到一种性灵的颖悟，和斩断清愁、直面人生的解脱，得到一种在生活大浪中洄游拼搏的智慧和欢欣。

母爱、童心、亲情几乎是女性作家专利的题材，此书也不例外。读超然的《当掌声响起时》、欣荷的《吾爱吾子》、《热闹欢欣过周末》、纯纯的《只要我长大》、《与他同车》、秋笛的《童年的摇篮》、章微的《一个母亲的心声》，洋溢字里行间的是体察入微的慈母伟大无私的爱心，那一颗小儿女天真无邪的童心，那一缕缕父子、母女、夫妻之间的天伦至情。它们纯净真诚，晶莹亮丽，如同山间的白云，清溪的流水，会涤尽你心头的积垢，会带给你芳馨甜美的温情。南朝诗人徐陵有“嫩竹犹含粉，初荷未聚尘”，以笔触细腻见称于世，菲华女作家们在童心、母爱的描写上，堪与之媲美。

最难忘书中那缠绵悱恻的爱情故事。那介乎情爱与友谊之间的纯真稚嫩、朦胧如梦的初恋（秋笛《嫩情》，超然《无声的恋曲》），那朝朝暮暮、永相追忆、凄婉美丽的相思（欣荷《今夜有雨》、《祭情》），那貌合神离、志趣迥异、冰炭不容的夫妻（小四《天凉好个秋》），那失败的婚姻（纯纯《归》），那凄凉的老处女（纯纯《暮春》），在菲华女作家笔下，如歌如诉如泣，哀婉真挚动人，读来扣人心弦，令人回肠九曲，不胜其情。

鞭挞社会罪恶、控诉损害妇女儿童利益、伸张正义、锄强扶弱，也是菲华女作家们集中涉笔的题材。

《绿帆十二叶》是一部具有典型东方女性气质的佳著，温柔敦厚，委婉深沉，有真情实感，无陈词滥调，虽然没有大起大落、跌宕起伏的情节，也较少叱咤风云、纵横捭阖的手笔，但无论散文或小品，无论国家大事、儿女私情，或一花一草，皆是娓娓道来，如叙家常，无冗言废语，不哗众取宠，行于当行，止于当止。疏云笔致，淡墨文章，自有一种诗魂神韵，流漾其中，读来温馨熨帖，口角余香，这恰恰应了黄升《鹧鸪天》中“风流不在谈锋健，袖手无言味最长”这两句诗的内涵了！

当然，各家自有自己的艺术造诣，语言特色。如刘纯真，纯纯的行云流水、质朴天然；宰主，璇璇的夹叙夹议、笔酣墨饱；晨梦子、章微的优美隽永、妙语横生；程黎、超然的情真意挚、童心未泯；紫云的体物状景，生动形象；等等，都是难以互相取代的。

欣荷的古典文学修养尤其深厚，行文走笔典雅婉约，古色古香，佳词妙句，俯拾即是，有谢道蕴“咏絮”诗之灵秀、李清照“人比黄花瘦”之蕴藉。读其文，叫人如嚼橄榄，余味悠悠，久不能忘。《今夜有雨》、《祭情》等是难得的佳作。

秋笛于一队巾帼秀才之中，可谓独树一帜。她的文章，虽不乏娥眉情怀，女性温婉，但宏思博论，洋洋洒洒，一股沉雄之气，不让须眉。其文处于全书之中，仿佛早春二月风和日丽、花红柳绿之际，忽一青松拔地而起，昂昂然有伟丈夫之气势。于是，群芳愈显其娇媚，而翠松愈见其英挺。

通读全书，给我的总体印象是美好而深刻的，清新纤丽，真诚感人，颇得一代散文大家谢冰心神韵，着实令人爱不释手。更可贵的是，这一群长期生活在菲律宾岛国的女作家们，她们的作品，无不展现了华夏文化丰厚的积淀。远离祖国、远离故土，在充满异国语言异国情调的他乡，坚持华文文学创作是何等艰难！况且，她们不仅各自从事着医生，教师，经商等形形式式的社会职业，同时，她们还是母亲、是妻子，终日忙碌而操劳。然而，她们却能够牢牢记住那一片深植着祖先血脉骨殖的古老而伟大的土地，牢牢记住那为人类光辉灿烂的文明作出巨大贡献的华夏文化，在艰辛繁忙的劳作之余，孜孜矻矻地为海外华人文学这一片荒漠的田园，流着汗水，一步一个脚印地耕耘着。《绿帆十二叶》便是她们这一群海外女儿献给祖国母亲的一片绿叶，献给中华文坛的一瓣心香。所以，作为文学同行，我深深地为她们的纯真的至情所感动，我在心里，默默地向她们学习、致敬。

选自《散文》1987 年第 6 期

将军，谢谢你

张立勤

半个世纪后的今天，我的家竟成了冯玉祥将军旧宅的近邻。从我家凉台向左望去十几米远，便是将军住过的那幢深灰色尖顶小楼的屋脊和墙围。那小楼和它的主人曾于中国革命有过不可泯灭的贡献。那小楼的寸寸土地曾于中国革命史上许多重要人物：李大钊、肖明、宣侠父、许权中、吉鸿昌等有过庄严的情愫。如今，那小楼冷清了，墙垣旁探出一截洋灰路灯杆。白天，淡蓝色的搪瓷灯盏托着太阳的明媚；深晚，那淡蓝色下的昏黄便亮了小楼的一圈一隅。

小楼尚安然，小楼的主人却已去了。小楼默默地度着没有主人的日子，过得萧条、寂寥么？抑或它仍在沉思固守着什么；抑或从那一条条灰色砖缝中淌出来的呜咽，在北方的夜召唤着那一个崇高的心灵归来。

初春，朋友从北京来，说他拜会了冯玉祥将军的女儿。他说山城东某驻军大院还存有冯玉祥将军为抗日阵亡将士建造的纪念塔。

我怀着一种别样亲情，似乎去拜访一位朋友，一位像父亲一样曾生活在我身旁的人……

哦，那塔，在遥遥和我相望么！

一九二五年二月，冯玉祥率国民军到张家口，就任西北边防督办。冯玉祥令官兵开山取石在土尔沟以东建一新村，设督办公署和国民军军部。

一九三三年五月二十六日察哈尔民众抗日同盟军在张家口宣告成立。冯玉祥发出通电就任总司令。

一九三三年六月二十日，共产党员吉鸿昌任前敌总指挥的抗日同盟军北路军十万抗日将士，齐集张垣奉命收复察东失地。

中华儿男，浴血奋战，一举收复宝昌、康保、沽源三县和察北重镇多伦。前后仅用二十天，将日伪军全部驱逐出察哈尔省。“九一八”事变以来，第一次收复失地，举国振奋。

……

严峻的历史从我心头走过，千千万万不曾相识的面孔早已长眠地下。莫非那流淌在我们国土上的热血，早已化作一草一花去回报泥土的哺育；莫非那一个个在天之灵早已静静地安歇了，听不见苍天下一颗女儿心的哀悼。难怪呢，这里有一位将军为他们挥泪祭奠，这里有一位叱咤风云的将军心，为他们托起一座丰碑：

“……血战经旬，卒复察疆，维我烈士，英勇异常。多伦一役，遽丧元良，裹尸还葬，蔚为国殇……弥沦宇宙，云汉天章，昭垂万古，姓字流芳。怆怀往绩，我心实伤，记勋勒石，永志不忘……”

啊！闪光的白塔，千万个英灵的雕塑。一位将军为之断肠的温柔挚爱的心，为遍地忠骨尽一份母亲的深情。

塔身高四丈，六棱柱形。白色的水泥被岁月剥蚀，裸露了片片历史的履迹。塔身每一个棱角，都是浅绿色、银白色、黑色细小砂石的混合，混合的很仔细，很痴迷。塔的西侧将军亲笔题字——民众抗日同盟军收复察东失地阵亡将士纪念塔，字迹模糊了，和将军的心血一起消融到大地每一粒泥土中，消融到广宇每一缕清风中。

塔尖以它独特的雄姿直指东北方。塔尖挑着灰色天空上一轮银白的太阳，太阳的边缘像一个白色的项圈，金色的阳光沿项圈闪射着耀眼的爱。

倾斜的塔尖，直指东北方宣誓坚决收复东北失地的塔尖，像一柄利剑直刺上苍，越千山万壑，喷薄一腔恨。八年抗战，无尽炎黄好儿男屡屡战死。将军已如巨星陨落泰岳。堂堂中华早已回归人民之手。如今，你却仍然这样固执地默指着，默指着什么呢？

塔下，大西北浩浩苍苍之雄风如歌如泣日夜与塔同眠同醒，荡哀思如潮如涌。塔旁，训练飞行员的蔚蓝色滚轮，旋梯，在又一代军人的生命中飞转。

蓝天在飞转，太阳在飞转，白塔在飞转，历史在飞转。我想起了南疆，想起了高尔基的《鹰之歌》——

“你固然死了！……可是在勇敢、坚强的人的歌声中你永远是一个活的榜样，一个追求自由，追求光明的骄傲的号召！”

……

别了，曾叩响将军步履的地方。

别了，凝将军厚爱的白塔。

我不禁回眸。白塔似将军的身躯顶天立地于山城东方，浩瀚之宇震荡将军像万千普通人一样律己，却为万千普通人尽瘁的魂灵。我似乎望见了一面旗帜，塔尖上那轮银白的太阳彤红了起来，迤逦的山峦彤红了起来……

我心中的将军醒了么？

哦，将军。我为我是山城的晚辈而幸福。我为我是将军的近邻而奋搏。我为我能踏将军走过的山城小路，为将军的小楼和白塔献上我心中的一簇鲜花而深感慰安……

选自《散文》1987年第7期

忆 仇 者

林贤治

凉风起天末。是怀人的天气。不知怎地，今夜竟无端地忆起我家仇人阿和来。以对父亲的感情来说，这是很不应该的。

阿和是一个单身汉。在我们村子里，他是唯一的不入社，不合流，不事稼穑而以捕鱼为业的人。捕鱼的法子很特别，无须网罾之类，只用姜太公遗下的那种钓竿，再就是一点麻麸和几团“药子”。张捕的时间多在夜晚，清早便回来。劳倦与孤独，都只有他一个人知道；村人所见，只是那只提着或背着的沉甸甸的竹篓子而已。只须把篓子倒过来，鲇鱼呀，塘虱鱼呀，石斑鱼呀，白花花就是半桶。他也会挑鱼径向市镇上卖了回来，这时，自然笑嘻嘻地直着腰走，连步子也无形中加快，哼哼唧唧地唱一路没词的小调儿。

所谓“赤条条来去无牵挂”，或许也可以称得上是一种洒脱吧。阿和赚的钱多，压根儿没有想到积蓄，只要钞票到手便立即喝光。他喜欢喝酒。至于喝起酒来的豪兴，放进《三国演义》“煮酒论英雄”一段里去，相信一点也不会输与曹刘之辈。他少有独酌的机会，打得酒来，往往呼朋引类，有时甚至可以多达十余人。酒徒们坐不下就蹲着，站着，靠着，或干脆把小方桌抬到屋外去。临路把碗，吵而且闹，灯明灯灭，月落星沉，都可以全然不管。除了喝酒，便没有其它花销。记得他做过几件很带点罗曼色彩的绸料衣服，除一件作翡翠色，其余一律雪白，轻飘飘亮闪闪，每穿起这类夏装，大约他总有点鹤立鸡群的感觉的。

阿和无疑是一个使人快活的人。他的口才好，善说书；嗓子又好，能唱各种各样的戏文和歌曲。他住村南，与村北绰号“半仙”的大叔，堪称乡中的“双璧”。

论智慧，他不如“半仙”，不会编造故事和山歌，但显然具有另外一种天赋。他念书不多，说书时喜欢掉点书袋，借以证实腹中还是有点经纶的，倒是往往把一些很常见的字眼给念错，像“月明如昼”被念成“月明如画”就是。所幸村人并不如文人那样惯于咬文嚼字，即使个别念过私塾的“老资格”，知道他错了也不加点破，只一味追逐着他的故事，更不用说周围的一大群文盲哥儿了。他讲说的是有数的几部，其中以《粉妆楼》最“卖座”，相当一批听客是听了不下数十遍的。每当月白风清之夜，村头的大榕树下便成了他的讲坛，上座率绝对百分之一百。那盛况，实在只有大戏班和后来的批判会才可比拟。

阿和唱的粤曲，生旦末丑，兼于一身，唱起来又都夹带着锣鼓梆子，确乎别有风味。记得有三两个深夜，雨潇潇地，他竟唱起乡下女儿家丧母时所唱的哀歌：“娘呀！……”那住地离我的屋子很近，如泣如诉的歌声就缘墙而入了。我抛了笔，简直什么事也做不下去了，想不到一个无忧无虑的汉子会唱这样的悲歌，至今回忆起来，才知道那是他的真声音。

大约在我的大女儿小红三几岁的时候吧，阿和始来串门，不久便成了我家的常客了。

他喜欢孩子，一进门就逗孩子玩，玩起来亲昵地叫“小红红”，比我们多叫了一个字。他可以安安静静地跟孩子呆在一起，说故事，唱童谣，搭积木，玩沙子，还会用木头篾片做一些简单而精致的玩具。他常常抱着孩子在村里闲逛，高兴时，就让孩子骑在他的肩膀上；有时还扮起舞狮人的角色，将孩子当成狮头，左右高低地舞将起来。孩子特别喜欢跟他"跑马"。其程式为：大人端坐，合膝，置小孩于膝上，以双手相扶持；然后口里"嘚嘚"作蹄声，应和其节奏，后足跟即可轻重疾徐地起落，一如古人之所谓"踏歌"。跑得快了，孩子颠来颠去，只好一边咯咯咯笑着一边央求停鞭；蹄声刚落，却又要催促着上马了。自然也有信马由缰，缓辔而行的时候，到后来，孩子居然也就酣然睡去。他的沾满酒渍和烟草气味的怀抱，于是成了摇篮。

他常到我家来，母亲和姐姐也会领着孩子到他家去，如此往来多了便亲近得如同一家人。冬日早炊，锅盖乍揭，当我们围着满盘热气蒸腾的番莳欢呼时，母亲必定大叫："把阿和吃的留下来，勿抓挠破了！"

阿和是典型的"两日打鱼，三日晒网"，与其说是懒散，无如说"知足常乐"更为合适些。因此，即使在晚上，他也是在家的时候居多；只要不喝酒，不说书，饭后必定会踅到我们家来。

我家开饭很迟，往往延至掌灯时分，这样，恰好派得上他这个"保姆"。不过，孩子也不用呼唤，闻声便从饭桌旁边迅速滑落，向他扑去，央求"跑马"。

时间有如流水，逝去的固然渺不可寻，而汹涌前来的又无法逆料，令人抗拒不得。文化大革命"起来了。一夜之间，父亲成了"现行反革命"。在斗争大会上，第一个站出来揭发批判的不是别人，正是阿和！

全家猝不及防，村里人也都十分意外，暗地里纷纷议论说：

阿和的良心哪一天被狗叼走了？……

快二十年过去，世界也不知经过几番组合，而人与人之间的裂隙却是如此的难以弥缝！当时工作队到底在背后作了些什么？阿和是主动请缨呢还是被迫上阵？我始终弄不清楚。可悲的是，许多可能的对话机会，双方给同时错过了！

此后，阿和还曾认真地惩罚过我们两回。只是至今怀疑，他是否也可能出于一种变态的赎罪心理？倘使我父亲无罪，在父老兄弟面前，他将永远无法清洗陷害无辜的劣迹。恰恰，父亲不多不少只坐过两回班房，而且捉捉放放，居然也平安无事。这对阿和说来，着实是很不幸的。

由于偶然的机会，不久，我像一颗螺丝钉那样被旋上了大队“赤脚医生”的位置。一旦地位变了，人际关系也就随之改观。从此，每同阿和“狭路相逢”，他都垂首而过，不复有先前那种恶狠狠的目光。及至后来我到了省城工作，偶尔返乡遇见，他便会怯怯地叫一声我的小名。《阿Q正传》写道：当阿Q从城里厮混一阵以后返回未庄，平日欺负他的一群都敬畏起他来，甚至连赵太爷看见了也得赶紧凑上前去叫一声“老Q”。这使我心里深深地起了一种悲哀。

当中国作家纷纷写作“访富”主题的时候，便听到说阿和从信用社辗转贷了几千元，在海陬垒了两个大鱼塘。接着，他把铺盖也搬了出去，用茅草在塘前盖起一座“镇海楼”。在“楼”四周，主人种上亭亭的香蕉和木瓜树，还用木桩和尼龙网圈出一个很大的鸡场，大有江山永固之概。据说还种过两瓦盆花的，只是不知道有没有开过。

清清水塘，曾经托起过多少回的星月，云霓，美丽的梦想？一年过去，可怜竟连一尾鱼也没有！原来堵堤未久的盐碱地是不宜于淡水养殖的。不过，过了两天，村人们又看见他一个人在日夜作着引灌工作了！

命运，真是残酷到了极点。当鱼儿才在塘里漾起一个又一个真可惊喜的细浪时，一次山洪暴发，顷刻间便把鱼塘冲出几道大口子！那结局，当然比桑提亚哥要悲惨得多，他连一根鱼骨头也没有捞到。

接着，他病倒了。

消息是回乡过年时村人告诉我的。人，难道真的如哲人所说，其脆弱竟如同一根芦苇？我决计到阿和的“镇海楼”走走。

风瑟瑟吹着，天色很阴晦，像是夜晚将临的时刻。茅棚孤悬在堤岸。木瓜树不见了。蕉树已经枯焦，曾经肥大的叶子搭拉下来。原来的木桩只剩下两三根，有一只乌黑的竹篓和一段破网绳挂在上面，随风轻轻曳动。空旷里，没有一只鸡出来啄食。周围一片死静。

我走近门前，柴扉半掩。看得见里面的床铺，没有帐子。除夕的爆竹还未响起来呢，他就早早睡了。“谁呀？”他微微探首出来，随即唤了一声我的小名，显然早已辨出我的声音。

“听说你病了，可是真的？”

“真的。”

“什么病？”

“医生说是肝病。”

“没住院么？”

“哪里赔得起呀，下锅的米都没有呢。”接着告诉我说，他曾经到医院里看过一次，一次就得花去十多元；以后只好延请村里的巫医，给拾掇些草药煎水吃。

“我想，可以向政府要点救济款的。”

“区里是照顾过一回，够买两个礼拜的药。”

“你看是不是需要什么人照顾一下？”

“不用了，”他的声音很低。

我站在屋外。他躺在屋里。中间是沉默和门。

我掏了十块钱放在那熟悉的小方桌上，说：“明天是大年初一，这点你拿着买一顿肉吧。”说完，赶紧逃了出去。因为那时，我仿佛看见故去不久的父亲就站在旁边。阿和好像还在背后说了一句什么的，只是我一点也没听见。

清明节那天，阿和死了。从春节到清明，够不上一个完整的春天。

他死时，被安置到一块上无片瓦的空屋地里。据说那原是厅堂，由祖先遗下来专供红白大事使用的。没有任何丧仪。连哭声也没有。是他的一个早年流落他乡的穷大哥闻讯赶来收拾他的，像收拾一件轻便家具。当时，正值我返乡给父亲扫墓。然而，无论说还是做，对于阿和，都已经无济于事了。

据说他病时要卖掉原来的小屋的，不知在世时是否已经易主？以凉荫为他提供讲坛的那棵大榕树，由于虫蛀和雷殛，是彻彻底底地坍倒了。海边那鱼塘，大约是不会有人重垒的了。至于茅棚，不知被拆掉没有？抑或依然孤独地站在那里，日夜听寒潮的呜咽，风的萧萧？……

选自《散文》1987 年第 7 期

斧柄上，那刻纹

张　静

柄上，那刻纹，我是永远不会忘记……

八斤重的斧头。少时的我，两手使劲还提不起，要不只提得围着它打转。像是外公牵着我的手，扯着我走在一个不规则的圆形轨迹上。但每每看到外公拿在手中随心所欲，大刀阔斧地斫着，就羡慕得没法说。精心地看着，就好像在看着一幅似懂非懂的木雕版画。

起初，看着闪闪发亮的斧锋，薄薄的，着实有点害怕。后来，发现光滑滑的斧柄上，有一些歪歪斜斜的刻纹。不知外公什么时候刻上去的，为什么要刻。问他，他只是笑。听人说，外公的斧，在方圆七屯八村是有名的。不过我挺怀疑，外公清瘦不高的身材，怎能拿起这么沉重的斧。问及外公，外公说，拿久了，自然会这样。“拿久了，自然会这样？”于是，我没事找事地试拿着斧头。可总免不了遭到父母的规劝。我全然不顾。

久了，便惯了。只记得第一次把斧提起来，我高兴得趴在外公的背上，搂着外公的脖子，笑个不停。外公也笑得眯起了眼。“好乖乖，有出息，有出息！”那笑意就像外公喝了美酒，那么甜，那么醉，只笑得差点儿把银白银白的胡须全都抖落了。

后来，我又知道，那斧柄上的刻纹，是外公脸上深深的皱纹，印着蚂蚁啃骨头一样的岁月；那刻纹，又像外公手上粗糙的裂纹。记得在冬天，外公手掌上裂开的口子，缠着一道道纱布。摸着外公的手，我眼泪打着圈儿。问外公好痛吗？外公笑了，微微地摇着头。“不，外公您说假话！我不听。”我撒娇地缠着外公不放。哦，莫非久了，就自然会这样么？一时间我也想通了一点儿。

嗯？斧柄上那刻纹，仿佛是土地上条条交错的古老的河，接受到灾难并传递着灾难。仿佛是沉在河水中的太阳，如血似的，在山那边燃烧，暗红暗红的。那，是个遥远寂静的世界。丝丝紫褐色的烟云，随心所欲地飘向茫茫的天际。担着肥桶的外公，像一棵快要枯倒的老树，萧萧瑟瑟、摇摇晃晃的，树会老，人也会？“人会说话呀！”外公告诉我树与人的区别。哦，人也会老！我挺担心的，我曾见过在旷野中那枯萎的树，那朽没的树身上，有着一群群白色的长长的蚂蚁，我就努力地幻想着：要有一个不会老的天地，那该有多好啊！

那刻纹，还使我联想到外公光光的额头，皱皱的、像只出土的刻满条纹的古鼎。特别使人注目的，是外公左额头上的一个“肉包”。圆圆的，永远不会消下去。那时候，不知是为啥，于是就理直气壮地问外婆。外婆说，那是外公年轻时在井下挖煤砸的。当时痛得什么也不晓得。还说有一次，一位在井下抽烟的煤工，不知怎样把煤气燃着了，炸死十几个人……后来怎么样，我担心他们死后的命运。后来，便用竹枝夹在通道的两壁上。要么连井也填掉。哦！死了没有棺材，没有人哭，真可怜！恍恍惚惚中，我看到了那吃人的井，那井里幽暗幽暗的通道，那通道里的一排歪曲的木架，还有，那黑黑的汗和那黑黑的血……

柄上，那刻纹，藏着令人心酸的故事，印着多少坎坷的不平，浸着多少苦涩的汗水哟！

选自《散文》1987年第11期

香溪石初识

康　平

人爱香溪水，我爱香溪石。

爱香溪水的朋友们似乎有他们的道理。香溪水是昭君浣纱之地，水凝玉脂，流玉淌香，所以必掬水一洗，以期增色。

我爱香溪石自有我的道理。香溪水流淌千载，早已属昨；只有香溪石，千古依然，最能激发诗思和遐想。当然，我更爱浑圆的石子，越是浑圆的，越是证明历史的久远，说不定哪块石子被昭君触摸过呢！

旅行车进入香溪河谷的时候，我曾大惊。在浑黄的长江之北岸，毅然派生出那样一条清澈的水流！在香溪河与长江交汇处，一边是浊浪翻滚，一边是清流如碧，真乃“泾渭分明”了，这就难怪香溪水孕育出王昭君这样的美人胚子来了！

钟灵毓秀，地灵人杰，斯言极是。但是，有一点认识却是认同的：昭君既是美丽的，又是英烈的，她和古代有些靠出卖色相而传名于世的女流决非等同之辈。想想吧，一位“娥眉绝世不可寻”的佳人，被选入皇宫后，不谄媚荐枕，甘居冷宫，那人格，首先就令人敬佩；一旦国难当头，自愿背井离乡，到那“住穹庐、被毡裘、食畜肉、饮重酪”的塞外去“和亲”，终于赢得数百年的民族睦邻，使万千生灵免遭涂炭，那贡献，当是无法估计的。

第二天，我们终于来到了久已仰慕的昭君故里。

昭君故里的宝坪村坐落在如锦似绣、清幽恬静的山台上。村后有大山为屏，山巅有白云为冠，益发给人以神秘之感。当我们穿过一片片桔林，踏上条石砌成的台阶时，不禁气喘吁吁。五百余级台阶，使人望而生畏。但一些年迈的旅伴还是不辞辛劳地攀了上去。我们穿过月门，饱览昭君的“梳妆台”、“楠木井”及昭君宅院，只见这里秦砖汉瓦，古朴雅致，令人遐想无穷。虽然年代久远，不无附会之嫌，但这并不是重要的，重要的是这里寄托着故乡人对昭君的怀念之情。大家饶有兴味地凭吊、留影，谁不愿在这里留下一点令人玩味的纪念呢？

在昭君纪念馆，解说员告诉我们，在昭君“和亲”的地方，早已有昭君衣冠墓，当地人民还用汉白玉塑有昭君像。“自古知兵非好战”。“非好战”的边地群众同样给了昭君以极高评价和极大尊敬。据说，不久，昭君塑像将迎归兴山，使得这位刚烈女子在出塞两千年后“归根”，也算是对昭君的香魂和故乡父老的一点抚慰。

我想起今年初在云南老山前线听到的一个故事。一位湖北籍女兵参军前夕，其父为女儿题赠了一首诗，其中两句是：

古有昭君出塞
今有爱女戍边

可见昭君精神影响之深远，直到当代。

我在香溪河边拣拾着一块又一块彩石，也拣拾着一段沉思的历史。

选自《散文》1987年第11期

对一种瓜的忏悔

王　慧

去年，我曾有幸和摄制组的同志们一起到向往已久的云南体验生活。我们一行七人从昆明出发，经普洱、思茅、景洪，到澜沧，往返两千二百多公里，爬山、进寨、钻老林……，其间，异乡风貌、异族风情，无一不留下深刻的印象。但至今，对一种瓜的印象却比这一切都更突出、更鲜明、更清晰地印在我的脑海里。

记得，我们是为找一个原始森林的外景地，而驱车九十公里，从景洪来到门多山自然保护区的。七人中，谁也没到过原始森林，一路上，各自驰骋着自己的想象，怀着探索奥秘的新奇与忐忑心情，根本没注意沿途的寂寥与单调，很快便到了目的地。

啊，这就是原始森林！只见参天古树高耸入云，树干枝叶纵横交错，密不透风，蟒蛇一样的枯藤盘缘缠绕，倒挂横伸；低矮的灌木丛厚厚实实蜿蜒纵深……，这一切，遮盖了陡峭的山峦和飞禽猛兽、奇珍异宝。原始森林阴森、神秘、恐怖，只望一眼山脚下大模大样横卧在公路中间，足有半尺多长，平展着八只大毒脚的大蜈蚣，就不由人不冒冷汗。

我们没有完成任务，悻悻而归。一路上，没见一个人影，只觉汽车在盘山公路上总是拐来绕去的，又增添了一层恐怖。

时到中午，干渴，饥饿，和由失望增加的疲劳，使人全都昏昏欲睡了。似乎天也知人意，阳光下，下起了清凉的雨，隔窗远眺，左边是断壁土丘，满眼单调的黄色，右边是清一色的绿，仍旧看不见一个人影，一只牲畜，哪怕是一只乌鸦。忽然，我的眼前一亮，那么鲜艳、灿烂的几颗大红点，耀眼地点缀在万绿丛中，伸手可得，却被车子倏然抛在后边了，就像美的彗星在漆黑的夜空划过。但这不是彗星，而是可望可及的呀！那么美丽、晶莹、鲜艳、奇特！简直是一种不可抗拒的诱惑。我大喊："快停车！"全车人都震惊了，以为发生了什么意外。我激动地向他们描绘着，有些语无伦次。司机小杨也说看见了，他不顾一切地急刹车，汽车滑出去很远。我俩冒着雨往回跑，寻找那一片绿海中罕见而独特，因而也更诱人的"红"。很容易找到了，因为它太鲜艳，太突出，经雨一洗，红绿反射，越发耀眼、诱人；也很容易就摘下来了，因为它就在路旁，长在藤上，挂在路边两棵树中间，好像专为等人来取。我俩各摘了一串，都是同一根藤上并排长着，约五六个，一模一样，大小像芒果，色彩非常均匀。望着这大自然慷慨的馈赠，车上顿时活跃起来。大家竞相观看，爱不释手。美工师对色彩最敏感，说像蜡染，又像漆红，摄影师马上考虑构图，如何将其点缀在画面突出的地方，增添气氛。矜持的老导演也一反常态，发开了议论："这果的颜色媚而不俗，形状，大小长得又恰到好处，实在招人爱，我们给它起个名字叫'相思果'吧。"名副其实！得到一片掌声。

回到住地，顾不上吃和洗，第一件事便是向宾馆的人展示这可爱、漂亮的"相思果"。大家都是远客、游人，确实感到新奇、可爱，不少人赞叹，甚至有人询问什么地方可以找到，准备也留个纪念。我们更得意了：物以稀为贵，这是原始森林的产物呀！热烈的赞叹和议论，引来了温文尔雅的当地傣族女服务员。我们赶忙问她："这种东西在当地叫什么？"漂亮的傣族姑娘用媚人的凤眼瞟了一下"相思果"，不屑地撇撇好看的小嘴，不无讥讽地慢条斯理地说："狗屎瓜。"转身便要走。我赶忙拉住她："狗屎瓜？这么漂亮的形象？""对，就是狗屎瓜。我们这里骂人时，就说：'狗屎瓜，不禁夸。'不信，你们打开来看看。"说完，像躲避瘟疫似地，尽量撑宽她的筒裙，快步走了。

难道有毒？谁也不敢用手或削水果的刀去碰它了，既然是我拿来的，还应由我探个究竟。于是，我便找个远离人群的地方，硬着头皮，用脚小心翼翼地踩开了它。天哪！不看则已，看一眼都会令人恶心得要吐出来。一条条又长又粗、黏黏糊糊，紧紧地粘在一起，形成黑糊糊的一团，填满了整个瓜心。肮脏的心，偏偏长了一层美丽的外皮，招摇，诱惑……，我立即产生了被愚弄而上当受骗的感觉，又憎恶地看了一眼，狠狠地骂道："简直是取媚的妖瓜！"

近日，不知为什么，又想起了它，那心情，却全然不同了。它美的艳红的外表，那不大不小匀匀称称的个头，点缀在万绿丛中，晶晶莹莹，悦人眼目。它不是也确曾用自己的美恰逢时宜地使疲劳的旅人欢愉过吗？它不是给单调的环境增添了色彩吗？我却无情地撕开了它美的外衣，只拿丑陋给人们看！

我后悔了，后悔得像当初憎恶它一样深。

选自《散文》1987 年第 11 期

桂

施雁冰

大城市里很少见到桂花树。

是金风送爽的时节，马路边突然飘来一阵桂花香，很多人围着一辆黄鱼车，原来在买桂花。轮到我的时候已经剩下最后一枝，枝条没有先前的匀称，花倒还多。我用鼻子左嗅右嗅：“我这一枝不香！”卖者说要远远地闻才香。不无遗憾地买了一枝，用纸包好，去乘车。我爱人原来是个村夫，最喜爱绿色田野、花花草草，借以排遣对故乡的思念。这枝虽不匀称的桂花，将会使他的生活增添色彩。花虽被报纸裹得紧紧密密，还是被车上的人发现了：“是桂花吗？”一位老者郑重地对我说：“回去拣一枝粗壮的插在泥里，明年就会长成一棵桂花树，会开花。”

汽车晃荡，思绪飘浮，我眼前浮现出一种桂影，金色的桂影，埋藏在我的心中已有数十年了。

心中的“桂”与桂花其实无必然联系。仅仅是由于一个男先生，他名字中有个“桂”字。

那年我才十五岁，长得苗条圆润，胸部羞涩地微微隆起，脸上浮着红晕。花也似的年龄，梦一般的幻想。幻想桃花源，幻想爱的禁果。不知不觉的，我的生活中出现了白马王子，他年轻英俊，学问渊博，名字里带个桂字，他是我的老师。在上桂先生课的时候，我感到不自然，眼睛不敢直视，又忍不住抬起头来，四目接触时，惊慌失措。早晨见桂先生经过教室门口去办公室上班，心里才感到踏实，这将是美好的一天！每星期六下午，桂先生要回家，我目送着他。“啊，他回家了，他的家里有些什么人呢？他吃些什么饭菜？和我一样吗？”在我心目中，他的一切全是神圣。

一种隐秘的欢悦的情绪笼罩着我，使我感到阳光十分明媚，对功课也更加努力。特别是对桂先生教的课，门门一百分。我是级长，每天要去办公室取发本子，因此把头发卷得特别好看，右额上做着三只小发鬈，显得格外秀丽。我总要借故在办公室多逗留一会儿，和桂先生呼吸着同一空间的空气。桂先生并没有和我单独讲过多少话，在别的先生面前表扬我的功课和品德，倒有多次。我不敢注视他，因此也看不到他的眼睛是否发亮。在上课时，他的眼睛倒是发亮的，他也用发亮的带着柔情的眼睛注视过我，是否也注视过别的同学，无法知道，因为那时我心慌得已实在可以。

太阳每天从东方升起，即使没被乌云遮住，也不忘记给人以白昼。我心目中的“太阳”却是无常的，在暑假后开学的第一天，他消失了，替他的是位女先生，她每天换一件花旗袍，一周轮换一遍。

女先生不认识桂先生，别的先生也不把这当作一回事。战乱年份，工作调动往往是频繁的。只在辗转流传中知道桂先生去了遥远的C城，关山万重，相隔数千里。

我的心空荡荡，功课仍旧极好，我不愿做自甘堕落的人。等我长大些会去找他。他在哪儿呢？我羞于去问问别的先生。

一天放学，父亲递给我一封他已拆开的信。那个时代，孩子们是极少收到信的，何况来自遥远的C城。桂先生秀丽的毛笔字出现在我的眼帘，桂先生流畅的文言文撞击着我的心。

写的是一般师生之情，严厉的父亲看不出什么破绽，我想到的却是弦外之音：他怎么会知道我的家庭地址？怎么光给我一个人写信？至少对我是另眼相看，非同一般。

从这天起，我开始了题名为“桂影梦忆”的日记，首篇记下了这段珍贵的经历，仅两三百字，后面长长的一页页空白，是个未知数。它将会记下些什么呢？它是美好的吗？——但愿如此。

从此，我更加倍学习语文，熟背古文观止，论语、孟子，精读史记、战国策，为的是用流畅的文言文给桂先生写信。我学会了借景抒情，学会了用隐秘的手法寄托自己的恋情。如“关山遥隔，思绪绵绵，唯有翘首行云，因风寄意而已。”“人面不知何处去，桃花依旧笑春风”等等。

桂先生的第二封信是从大洋彼岸的那个国家寄来的，他已去那儿留学，读博士学位。他已经没有毛笔了，写的仍然是文言文。我也颇能从中捕捉他的情致。从“李旻学棣”到直呼其名的称呼，是一个飞跃。从思国思乡中流露出对昔日师生生活的怀念，从游子的孤独里隐示着淡淡离愁。我想他是爱我的，不然，为什么要这样写：“夜阑人静，一灯荧荧，百感思潮，起伏心头。纸短情长，欲言不尽。”他那“不尽”的话，早已通过心的电波，日夜在我心里欢唱，使暗淡变得灿烂，平凡化成美丽。

那时我已是个丰腴的大姑娘，在学校里也稍稍触及了爱情之树。我沉默而寡言，恬静而多思，远远地回避着。心中的那个秘密，抵得胸口发痛，喜悦而又惶惑。我等着桂先生，那才算真正的开始。

鸿雁传书，深情的，但不频繁，薄薄几张纸，使我生命之花开得更丰美。忍受了战乱、菲薄的物质生活。未来的路是鲜花铺着的。桂先生学成回国之时，也是我高中毕业之日，我已不再腼腆、畏缩，我将大大方方地将手伸过去。终于又盼来了天蓝间红色边条的航空信。映入眼帘的字使人兴奋，下月他要回国了。不知怎的，信的末尾夹了一句突如其来令人思索的话："内子春梅，秉性贤淑，持家勤劳，愿棣勿弃也。"寥寥的十七个字，含而不露，它又有千钧之力，震得我发晕，精神恍惚。

江南的七月，绿树成荫，荷叶田田，一棵棵果实，孕育着即将来到的丰收。一时树折了，叶落了，我掉在冰窖里。他把我丢弃了！但也可以理解为根本说不上是丢弃。没有单独谈过一句话，更没有过约会，有的只是七八封信，表达一些思念之情，这也能算是恋爱吗？我的心痛苦地抽动，它告诉我，的确是尝到了恋爱的苦果！也可以说还没有恋爱就失恋了。

痛苦的实质是我不相信那句话。在那句冠冕堂皇的话后面，或许隐藏着一个时髦的异国姑娘或者一个有学问的中国女博士。像断了线的风筝，去信因"查无此人"被退了回来。他从此不再来信，也不知是否回国？

我要找到他。

学生了解老师的线索是有限的，凭那些可怜的线索，得到的回音全是不知道！

怡静的我，开始变得忧郁。有一本书中说，忧郁是美丽的，我独个儿悄悄地享受着这种"美丽"。没有一个人知道我，包括最知心的女友，严厉的父亲当然更不谈了。忧郁藏在心的一角，这一角是为桂先生留的。

看电影《魂断蓝桥》，我曾大哭一场。那主题歌《地久天长》分明是为我作的："恨今朝相逢已太迟，今朝又别离，水流迂回，花落如雨，白首更难期。白石为凭，明月作证，我心已早相许。今后天涯愿长相忆，爱心永不移。”我怕去参加舞会，舞会中这个旋律会伤我的心。在“左”的禁锢时期，舞会和这首歌消失了。我的心里永远吟唱着它。在繁华的路上，在宁静的月夜，年复一年。每唱一次，往事又复现。

那初中时代的学校，我曾回去过多次。办公室的门已经陈旧剥落，从学生们喧闹的童音中，分明夹杂着我往日的欢笑。我深情地抚摸着那扇门，那里曾经升起过一颗太阳。

“她门门功课都接近满分，将来会有成就的。”桂先生向别的先生介绍我。

他和异国姑娘或中国女博士手挽手向我走来了，眼睛发亮，充满柔情，这时我不再拘谨，昂首迎上去。我要配得上他！

在漫长的人生旅途中，我开始跋涉。我把别人谈天、娱乐的时间都倾注于事业。夏晨天蒙蒙亮就起床，空气是多么好！冬晚在彻骨寒气的侵袭中，头脑是多么清醒。春日百花争艳，点缀着我辛勤的白昼。秋天，秋虫唧唧，陪我度过了忙碌的夜晚。我读了一摞又一摞的书，发表了一篇又一篇的文章。

桂先生能见到吗？

思想的大河，是由涓涓小流汇集而成；在众多的小流中，有一条较为宽阔的，它的名字叫“桂”。它形成了我思想、性格的一部分。时序更迭，岁月流逝，我长大了，也成了家，仍是忧郁而多思，坚韧又好强。

当“左”的禁锢解冻的时候，“魂断蓝桥”又开始再演，“地久天长”也得以重放。我仍旧深爱着那首歌。当它播放的时候，总会升起一种莫可名状的特殊感情。

我要找到他！还是几十年前的那句话。

他在哪儿呢？在大洋彼岸的异国还是在关山重隔的C城？

一天，像几十年前那样，我突然接到一封信。是桂先生！

他在上海探亲，见到某报刊载我出的一本书的消息，辗转寄来这封信。还是那种清秀的字迹，但结构已松散，我忽然醒悟，他已是老人了！

河水在流淌中沉淀，感情在岁月流逝中澄清。我们第一次开始面对面坐着谈话，在市郊的一个小镇，他的家中。他的脸依然轮廓分明，能使人忆起当年的英俊；他的眼睛仍旧有神，但不炽烈。谁也不揭开过去那柔柔的纱幕。他像是无意地告诉我，他长我十八岁。

他的老伴与他同龄，是个健壮的农村老妇，她正在厨房里忙碌着准备款待我这素昧生平的人。她，与这个洋博士——担任着N城某研究所所长的桂先生，看上去又协调又不协调。

屋宇宁静、宽敞，空气里流溢着一种野草的香涩味。思绪又回到了过去，十五岁，花一般的年龄，又是稚嫩多梦的年龄。我是多么蠢！

不过，我也不懊恼，让这条美丽的小流静静地汇在我的思想大河中，该有多么好！啊，桂先生！我不会忘记你给我的一切！

车到站，我小心地先将桂花伸出车门，到家竟一粒花都没有落下。爱人欣喜若狂，拿一个青瓷瓶灌了清水把它插上，左闻右闻说："怎么不大香？"

我说："离远点就香了。"

我俩去厨房洗了手再进来，一朵朵黄色小粒在阳光下闪烁，一股股清香在室内回旋，赏心悦目。

真的，离远一点就香了！

选自《散文》1982年第2期

音乐老师
——童年记事

唐　挚

那年我十三岁。

少年莫名的寂寞与忧伤，常常袭击我。穿过小学校那荒凉的操场，我无精打采地走出校门，同班的孩子们嘻笑着、打闹着，向两边铺着鹅卵石的小道跑跑跳跳地流散了。虽然已是下午四点，我仍然不想回家去，我知道在堂屋的桌上，妈妈可能已为我准备了米糕，那是让我在晚饭前垫饥的，她自己一定靠在方桌边，缝补永远缝补不完的旧衣服和旧袜子。小弟一定是在角角落落生满绿苔的天井翻弄蚯蚓，要不就是用根小竹片和蚂蚁开仗。可是我有什么有意思的事可干呢……。

我拎着书包，无目的地向与家相反的方向走去。那是个江南的小县城，人们还从来没有见过柏油路，窄窄的街面，铺着一条条麻石，小巷里铺的都是鹅卵石，穿布鞋走得时间长了，会硌得脚底板生疼。街两旁，低矮的店铺鳞次栉比，三两个神情木然的伙计站在柜台后面，茫然地看着街头，或者应付零零落落的顾客，仿佛到处弥漫的、无孔不入的是无聊、沉闷、寂寥，既没有生气也没有笑容，更没有绿意。

忽然一阵阵孩子的怪叫声、尖笑声、唾骂声，嘈杂喧嚣地从小街那头涌来，打碎了街面上好像已经冻住了的空气。杂货铺、米店的伙计，三三两两从柜台后跑出来张望。我兴奋起来，飞快地向那发出嘈杂喧嚣声浪的地方跑去。装在上衣口袋里的玻璃弹子，随着我猛跑的节奏，哗啦哗啦地应和着。

我满脸涨得通红，气喘吁吁地跑到大人、小孩围成堆的地方，孩子们忽而惊呼，忽而笑骂，大人们有的摇头、有的叹息、有的傻笑，几个小脚老太婆也颤悠悠地挤在里面，嘴里还嘟囔着："作孽哟，作孽哟。"

我本来就瘦，从人缝中毫不费劲地就挤了进去。

原来是个疯子。我从背后看过去，只见他手舞足蹈，头发混合着尘土油腻，像刺猬背针般直立着，黑不黑灰不灰的上衣敞开着，袖口扯成了碎布条，裤腿也扯开了好几条大口子，又脏又黑的脚趿着两只烂布鞋，高一脚低一脚地慢慢向前挪动，大人和孩子们就簇拥着跟在后面哄闹。疯子晃晃悠悠地闯到一间杂货铺里去了，两个店伙计在柜台后紧张得脸色发白，疯子双手挥舞着，嘴里嘟囔着谁也听不清的话。突然，他伸长了腰，那鸡爪般的黢黑的手伸向了货架，幸亏柜台挡着，他的手抓空了。店伙计慌张地从架子上拿了一块固本皂甩给了他，疯子一把夺过肥皂，怪声笑了一下，踉跄地退去。女人们讥笑着："还知道脏呢，想洗洗干净哪。"忽然人们惊叫声又起，只见疯子捧起肥皂咬了起来。他大口大口地啃着，仿佛手中拿的是块松糕，孩子们兴奋地叫着："看呀，疯子吃肥皂！疯子吃肥皂啦！"几个女人悄悄在议论："要死喽，肥皂也好吃的嘛。""作孽，疯子怕是饿昏了吧！""听说他们家把他捆起来了，不知怎么跑出来了。""那也不能不给他吃饭呀，唉唉，作孽！"疯子没有听到周围的议论，依然手舞足蹈地啃着颠着，忽然把吃剩下的猛力往前一扔，那肥皂便骨骨碌碌滚到阴沟里去了，引来孩子们又一阵狂叫。

疯子突然又在肉铺前站着不动了，身躯僵直，双眼直勾勾地盯住了案上的肉。卖肉的胖子面对这阵势，也慌乱了，忙向："你，你想吃肉呀！"孩子们起哄地欢呼起来："哦，要吃肉，要吃肉！"疯子像块石头，不言不语，盯着肉不动。胖子手忙脚乱地操刀，从挂着的肉上削下薄薄的一片，递给了他，疯子接过，猛地掉过头，竟抡起那片肉，朝天仰看，猛地又蹲下来，冲着人群，龇开白白的牙，又怪笑了一声，接着站起来歪歪斜斜地往前走，人群间又是一阵骚乱。

我完全惊呆了，因为我清清楚楚看清了那张蓬头垢面的脸，虽然它是那么肮脏，眼窝深陷，只有两个黑眼瞳射出奇怪而陌生的光，我却完全认出来，这是上学期教过我们音乐的陈老师啊。我没想过为什么这学期，他没有来学校讲课。我的心好像跳到嗓子眼儿，手心冒着冷汗。只见眼前这个陈老师，昂起头，又张开大嘴，一口一口撕咬着……

我吓傻了。我怎么也不能想象，上学期在音乐课上，那样神清气爽，举止轻快的陈老师，和眼前这个乞丐般的疯子竟会是同一个人，我对陈老师有很好的印象，记得那次他教我们唱《踏雪寻梅》时全班同学是多么兴奋和激动啊。那是初春时节，柳芽刚刚吐绿，教室窗下那株不高的桃枝上，已绽开几朵粉红色的花，在微微的夕照下，亮得耀眼。陈老师自己用风琴伴奏，然后用他浑厚深沉的男中音，铿锵有力，节奏分明地唱了这首轻快抒情的歌。我听着，只觉得有一种从未经历过的感动，穿过了全身，让我的心激荡不止。我也记得当他在一句一句教唱时，同学们的声音是那么嘹亮，那么整齐，多带劲呀。

响叮当，响叮当，
好花采来瓶供养，

伴我书声琴韵

共度好时光！

他那欢乐轻快的神采和富有魅力的姿态，仿佛刻在我的脑子里，再也忘不掉了。我本来对音乐课就很有兴趣，打那以后，音乐课简直像块巨大的磁石，紧紧地把我吸引。

但现在我完全混乱了。只觉得有什么可怕的东西紧紧揪住了我的心，疼得让我发抖。我茫然地跟着人群，跟着疯了的陈老师……

“没想到，陈老师竟疯到这个模样了，他也太想不开了。”

“唉，也难怪，青梅竹马的老婆，长得又秀气，不明不白地跟人跑了，谁受得了哇。”

“哼，还不都是穷嘛。”

“真可怜，跳过一次河，捞上来没死，就疯了。疯起来怕人哪。”

我一面听着，一面浑身发颤，眼前的一切都模糊起来，只有那陈老师手舞足蹈而远去的身影占据了一切……

我掉转头，发狂似地向回家的路上跑去。鹅卵石硌着脚板，我也顾不得了，一种莫名的恐惧冲击着我，一心只想快点见到妈妈，心中也在喊：“妈妈，妈妈，你在哪里——”

我奔跑着，泪水夺眶而出，爬满在脸颊上，小巷两边的梧桐，偶然飘落下来一片片枯叶，落在我的头发上，脸颊上，我全都顾不上了，我唯一的念头就是：快点见到妈妈。

选自《散文》1988年第6期

香椿忆

管用和

故乡的小池畔，常常栖息着宁静的夜晚。不，不如说栖息着宁静的月亮。为什么月亮爱在那儿？有树，有数株宁静的树。月亮爱歇在树杈上，将银亮的影子映入清水池里。而将清水似的月光镀在树丛的明处，与它的暗处错落交织，闪闪烁烁的。使本来蓊蓊郁郁的树荫变得更浓更厚，具有神秘的梦幻般的境界。但是，当你进入这个境界，不但不会觉得恍惚迷离，或者沉沉欲睡，反而头脑明晰，神智清醒。因为有一种青绿的香气暗中袭来，即使是微风不兴，夜色如凝。这特有的香气融进无边月色，仿佛整个天地都被它薰染过了，又仿佛潮润的空气中掺了些花露。

不，这不是花香，是香椿树的嫩叶所萌发的春梦在静夜游弋，童话一般地感染着我。我常常在池畔伫立很久很久，身沉浸着，心沉浸着。我敢说，故乡的整个村子也沉浸着。沉浸出清澈清澈的夜，沉浸出清澈清澈的幽思，沉浸出清澈清澈的意念——而今，每当我回忆起那株亭亭玉立的众树之中的香椿树时，怀乡之情便油然而生，艰苦岁月里所积累的相思会无拘无束地舒展，人生所沉凝的情感会不受压抑地抒发。

诚然，我不是花。我从来也没有把自己当作花朵而祈求赏识，祈求名贵。我是叶，是一片普通又普通的叶。但叶也不能愧对时光,不仅仅是只满足于作花朵的陪衬,同样也应具有馥郁的心香——这是故乡的香椿树所持有的生命观呵！因此，每当慵倦的心使我安于平庸而自谅并非花朵时，溶溶月色便会将故乡香椿的气息扩散在我的意念里。于是，岁月便以严厉的目光,暗示我应该头脑明晰神智清醒,亦如故乡殷殷的期待……

选自《散文》1988 年第 11 期

荞花，那片苦涩的云啊

颜家文

在故乡，湘西的大山里，荞是一种极为普遍的庄稼。秋冬之际或者春末，荞，支撑着绛红的枝干，展开着嫩绿的心形叶片，浪漫着淡红、粉白、淡紫的花朵，遍山遍野地渲染，满坡满岭地漫延开来。大片大片，如锦缎，如霞彩一般。

外地人把荞叫荞麦。湘西人却很严格。麦就是麦，大麦，小麦，燕麦；荞就是荞，甜荞、苦荞、伏荞。二者绝不混为一谈。

童年，在我的“食物链”中，荞是非常重要的一环。每到冬闲或春荒，大人就把荞子从粮柜中撮出来，在堂屋里的石磨里，骨碌碌磨成粉。然后做成荞粑：一种类似窝窝头，蒸着吃；一种，切成树叶形的薄片，下在煮有南瓜和萝卜的锅里，汤汤水水一起吃。有油有盐，饭也是它，菜也是它。

荞，很粗很涩，吃厌了，得玩些花样。譬如将煮好的红薯捣烂，拌在荞粉子里，揉在一起，再做成荞粑；也可以让荞粉发酵，蒸食时，搁上嫩苞谷叶，让它吮吸上苞谷叶的鲜味。

尽管，每年有两段时间，故乡食物的空缺，是荞来填补的，而且荞子的皮柔软光滑，可以做枕芯，还可以煮熟喂牛，但，故乡人始终与它格格不入。就是谈及荞时，也总是借它来贬低一种事物。形容一个人的矮：“没有三个荞粑高。”讽刺穷讲究的人：“叫花子嫌荞糊糊。”谈到没有营养就是：“菜不养人，笋和蕨。饭不养人，荞和麦。”湘西人衡量那些外出多年的人，是否把故乡的事忘了，也常常借荞为标志。——你看，才出去十多年，回来就不认得荞了，还问：“红杆杆，绿叶叶，这是啥子东西？”哼，脚后跟的泥巴还没洗干净哩！荞粑屎还没屙完哩！——接着是一种不屑的神态。

只怕是刚懂事时，就听惯了一个故事，那也是关于荞的。说是很早以前，荞与麦子是两兄弟，都是椭圆形的。一天，他们反目为仇，打起架来，一个身上挨了三瓦片，一个肚子上被砍了一刀。所以荞成了三棱形，麦子身上留下了一条缝。你看，一与荞联系上，连优美的民间故事也变了味。

1972年，湘西山区大旱，几乎每一处出泉水的地方，都集着一群群的蛇和鸟，动物们也涌来干涸的泉井边，想寻觅些许潮湿的气息。我被抽调到喜其哈山寨当“工作队”。晚上开会学《红旗》杂志的文章，学到深夜一两点钟。当山民们从那里的“理论”中挣脱出来，一个个哈欠连天地回家，又要背着背桶，满山去找饮水。我的住户第二天清早才背了半桶水回来。那是从一面浸水的岩壁上一滴一滴接回来的。山寨里，苞谷干死了，谷子干死了。土地龟裂着大大小小的口子。犁不动，挖不动，想重新播种，也没有办法。

上级下了死命令，无论如何要播种。动不了犁，动不了锄，种不了苞谷，种不了红薯、洋芋，就把荞子撒到裂缝里去。我和山民们把荞种撒进了密如蛛网的缝隙里。一个多月后，居然也有了微量的收获。

苦涩的年头，苦涩的季节，苦涩的播种啊！

荞很贱，在这样恶劣的条件下，只有它能生长。秋荞，农历八月播种，不用施肥，不要锄草，九月就可收割。从山野里，割下来，一捆捆运到岩场上，用连枷捶打着脱粒，一亩能收到几十斤。

杂交水稻推广后，故乡的稻谷产量能够维持一年的口粮了，乡亲们不再种荞了。在湘江边城市的高楼里，我的孩子每每进餐挑食，我就说，我像你们这么大时，只有荞粑吃。

“荞粑？那一定好吃。”女儿说。

“还吃什么？”儿子喜欢发问。

“吃野菜，苦日子还吃过枇杷树皮。”

“哎呀，那多好，怎么不给我们留点。”孩子们是蛋也不愿吃了的，怎么能和他们讲得通呢？

我想起那个皇帝的故事。他看到穷人挨饿，没吃的，问身边人：“他们为什么不吃肉粥呢？”在皇帝的餐桌上，肉丸子和我的荞粑是一个等级。

时空的河流太宽，不是过来人，彼岸的东西，是想象不出来的。

学涂鸦时，为故乡的人事风物，我写过数百首诗，为荞及荞花，我却一首也不曾写下。那些云彩一样的荞花，于我，总是苦涩的。它和我的饥饿，和故乡的贫穷是掺和在一起的。

我不敢做那个连“红杆杆，绿叶叶”，也忘了叫“啥子东西”的人。

选自《散文》1990年第6期

迷人的北大荒冻吃

刘国林

北大荒一年有一百八十天和冰雪打交道。冰雪是北大荒天然的冰窖和冷库，北大荒人和冰雪结下了不解之缘。没有遮天盖地的冰雪，哪有迷人的北大荒冻吃？

冻鱼与冻肉

一进十月门，北大荒人就开始吃冻鱼了，一直吃到来年开春。北大荒鱼多，夏天隔一宿就坏。北大荒人都是现捕现吃，捕多了就得白白扔掉。冬天可就好了，一麻袋一麻袋地捕，一车一车地往家拉，堆在仓房里，埋在冰窖里，一放就是半年，现吃现拿，甭担心坏掉，方便得很。冻鱼和活鱼一样鲜，是天然的速效冷冻，速度快得惊人。我见过冬天凿冰捕鱼的情景。那白花花的鲫鱼，那黄澄澄的鲇鱼，那金灿灿的鲤鱼，刚出水时都活蹦乱跳的，眼见着在冰面上蹦高儿，打滚儿，眨眼间就放挺了，身上的水珠都未来得及抖掉，就冻得硬邦邦的了。

吃冻鱼得缓化了冰再做。其做法是把鱼放在盆里，添几瓢冷水，就不用管它了。待个把钟头，只见冻鱼都挂上了冰的盔甲，这是肉体里的冰冻都缓出来了。随便地拿两条鱼，“咔、咔”地磕几下，挂在鱼体上的冰都磕掉了，鱼变得像活的一般软滑。这时麻利地刮其鳞，剖其腹，是煎，是炸，是炖，就八仙过海，各显其能吧。

立冬刚过，北大荒人就开始杀猪宰羊了。他们会享受，冬天没啥事，坐在暖呼呼的炕头上喝烧酒、吃猪肉是最美不过的了。杀完的猪不是整头地冻，而是割其头，剔其肉，倒其肚，直至大卸八块，分头蹄，分五脏，分肘子腰条，归类冻藏。北大荒人愿意吃猪血。其法是把猪血灌在洗净的猪肠子里，煮好放在屋外冷冻，吃时再放到锅里热一热就行了。猪血极好吃，和在酸菜猪肉里炖，其色白绿红相间，其味酸鲜香俱有，是独一无二的北大荒的吃法，饱餐一顿，一辈子都不会忘。

冻肉好切。食用时，随便拿一块肉，放在肉案上缓一会儿，待要化没化时趁冻切，不像没冻的肉那般软腻，那般裹刀。或切成片儿，或剁成馅儿，怎么方便怎么做，投其所好了。北大荒人有吃火锅的习惯，用刨木头的刨子刨冻肉，飞薄飞薄的，放在滚烫的火锅里打个滚儿就能吃，其鲜美的味道是无法形容的。直至吃得满头大汗，直至吃得大腹便便，也舍不得放筷子，真是百吃不厌呢！

冻辣椒与冻豆腐

我曾想，北大荒的偏远山村在天寒地冻时节是很难见到鲜辣椒的。偶尔吃一点儿，也得跑到几十里、几百里的城市里去买，且昂贵得吓人，——稀者为贵嘛！北大荒天冷，北大荒人哪顿饭都离不开辣椒。随便走几户，哪家的屋檐下都挂着串串干辣椒。殊不知，他们不但储干辣椒，还储鲜辣椒。说来让你吓一跳，哪家储的鲜辣椒都够拉一马车！不过你没见到罢了。开始我也不信，后来眼见为实。原来这成车成垛的鲜辣椒，都是大自然冷库替他们储存的！

霜降一到，北大荒的冬天就来临了。北大荒人有句农谚："寒露不算冷，霜降变了天。"寒露刚过，他们就把成垅的辣椒秧拔下来，根朝外，茎朝里，在房前屋后的田园里，堆成一个又一个的辣椒垛。这时还未上大冻，堆积在一起的鲜辣椒还能吸收秧子上的养分。大冷天，河里结了冰，地上封了冻，成垛成垛的鲜辣椒，一夜之间，速冻成冻辣椒了。一垛冻辣椒，不亚于一个电冰箱的储量。北太荒哪家哪户都有十垛八垛冻辣椒。据说，南方阔气的人家一般都有电冰箱。可哪敢和北大荒人这天然的大冰箱媲美？况且不用担心停电！实在话，冻辣椒和鲜辣椒一样味美，关键看你怎样做！我亲眼见北大荒人从屋外端进一盆冻辣椒，带着冰碴儿掺着牛羊肉爆炒。眨眼工夫，一盘盘红绿相间的炒菜摆在了我的面前，——哪个菜里都有辣椒！出于好奇，我特意品尝一下冻辣椒的味道。真的，一点不比鲜辣椒差！吃着，吃着，我替北大荒人自豪起来：这天然的大冰箱，一冬能给他们节省多少电？多少币子呢？

北大荒人愿意吃冻豆腐。我觉得好笑，北大荒人就是怪，鲜嫩的豆腐不吃，吃什么冻豆腐？岂不是多此一举？又一想，我们国家在世界上堪称会吃的王国，在这一点，北大荒人岂能甘心落后？北大荒的冻豆腐确实比不冻的好吃。非但好吃，味道大不相同呢！鲜豆腐油滑腻口，冻豆腐清淡爽口；鲜豆腐滑润软囊，入口即碎，冻豆腐富有弹性，越嚼越香，能品出一种说不出的香味儿。这可能是北大荒人愿意吃冻豆腐的原因之一吧？鲜豆腐只能清炖，冻豆腐非但能清炖，还能和猪肉配在一起做红烧肉，和牛羊肉配在一起做下火锅子的一道菜，和米饭粘在一起做下汤的油炸丸子。这可能是北大荒人愿意吃冻豆腐的原因之二吧？除此之外，做一回豆腐也挺费时间，操办起来挺烦琐。春节前，一次性做几盘豆腐，冷冻起来，省下时间好玩耍呢！年轻人凑到一起听听舞曲儿，转上几圈儿；年老人凑到一起唠唠家常，会会亲戚；妇女们凑到一起逛逛商店，办办年货……而他们的共同兴趣就是：快点忙活，春节还要扭"秧歌"、唱"二人转"呢！这可能是北大荒人愿意吃冻豆腐的原因之三吧？

冻豆包与冻梨

冻豆包是由粘米面做的，包上豆馅儿，放到锅里蒸熟，再到室外冷冻储藏。食之，取回重蒸，好吃如初。北大荒人愿意吃粘饭。吃粘饭时拌上猪油和白糖，既香又甜。冬天吃粘饭，既抗冻又抗饿。也许是吃常了，也许是吃腻了，也许是想变变花样儿，也说不上是哪朝哪代，也说不上是北大荒人发明的，还是从关内传来的，不知不觉，北大荒人吃起粘豆包了。出门赶集，带几个冻豆包，借饭店的锅蒸一蒸，或者煮一煮，一口开水一口豆包，也算吃顿饭；上山砍柴，带几个冻豆包，掳把枯枝干草点燃，把冻豆包烤化，一口雪一口豆包，也吃得满香。逢上开大会，带几个冻豆包，一口咸菜一口豆包，也吃得有滋有味儿。北大荒人好说："腊七腊八，冻掉下巴。"那时，不喝"腊八粥"，不吃粘饭和粘豆包，是很难度过滴水成冰的三九天的。到了九十年代，北大荒人仍有吃冻豆包的习惯。不过冻豆包可不是九十年代年轻人的主食了，而是成了他们调胃口的食品了。如今北大荒除了大米，就是白面，吃常了也没意思。冷不丁吃一顿冻豆包，倒颇觉新鲜。逢年过节，家家户户也冻些豆包，不过是应景罢了。靠吃冻豆包的风俗已经改变了。

冻梨是暖梨冷冻成的。黄澄澄的鸭梨，硬是冻成冻梨，又是北大荒人的一绝。真是穿衣戴帽，各好一套。放着暖梨不吃，硬啃冻梨，你有啥法儿？刚来北大荒时，被朋友灌了一肚子“北大荒”白酒，耳面发烧，嗓子里往出喷火。我扯着冒了烟的嗓子喊道：“快，来饮料！”北大荒的朋友笑道：“那是啥玩意儿？咱有天然的果汁！不一会儿，端上来一盘子缓好的冻梨。我拣了一个就咬，顿时，冰凉冰凉的冻梨汁，从喉淌到胃，全身顿觉凉爽。真是卤水点豆腐，一物降一物呢！我不得不对北大荒的冻梨刮目相看了。冻梨确实比饮料强上百倍，尤其是酒酣发热之时！面对北大荒朋友得意的神情，我只得承认：“我算服了！”

“服了？还有不服的！”

“谁？”

“没来过北大荒的！”

我一想，可也对，我一个人服不行。没来过北大荒的人，没品尝过北大荒冻吃的人，谁能服？

选自《散文》1991年第2期

追　念

谭仲池

追念是一片云，能包容那雨的情愫；追念是一缕风，能梳理那散乱的思绪；追念是一支歌，能唱回那流去的时光。让我们默默地相望，望那远去的青春之影，想那岁月的甘苦琼液。

我和你终于哭了，心在流泪。

这朵美丽的花，是属于温馨的春天；这汪纯净的水，是属于奔腾的江河；这团热炽的火，是属于共同的事业。我们爱过、恨过。有时候感到爱得不够，又想恨。恨在这个世界上我们不应相逢。既然相逢，就不要让春花过早地凋谢。

勇敢地朝前走吧！哪怕山长水远。

选自《散文》1991年第2期

床倒下来的那个夜晚

[美国]詹姆斯·瑟伯 著 朱建迅 译

我认为自己青年时代在俄亥俄州哥伦布市的最重要的经历，发生在床倒在父亲身上的那个夜晚。叙述这段经历比朗诵一篇文学作品更能引人入胜(除非如我的几位朋友所言，你已听过五六次)。因为其间几乎免不了要辅以各种动作，如乱扔家具、摇晃门窗、学狗吠等。总之，是对这个公认的几近荒唐的事件恰到好处地渲染一番，增加其真实可信的程度。话虽如此，然却有其事。

事情是这样的：一天晚上，爸爸决定去阁楼睡，以便独自思考问题。妈妈则坚决反对这个主意，理由是：那张旧木床很不牢固，摇摇晃晃，一旦倒塌，沉重的床头架砸在头上，会送命的。然而好说歹说，也无法使爸爸回心转意。十点一刻，他走进阁楼，随手关上门，走上狭窄弯曲的楼梯。后来我们听见他爬上床时吱吱嘎嘎地响了一阵，像是危险的征兆。祖父来我家，一般都睡在阁楼的那张床上，他几天前出了门。(他出门，一般一走就是六七天，回来时怒气冲冲，怨天尤人，带回联邦委员会由一帮笨蛋把持和波托马克军团运气欠佳的消息。)

当时，我那位疑神疑鬼的大表哥布里格斯·毕尔来我家作客。他总觉得自己睡着以后可能会停止呼吸，觉得倘若每隔一小时不被人唤醒，便有可能窒息而死。他已习惯于拨好闹钟，隔段时间响一次，一直折腾到翌日清晨。我劝他不必如此。我说咱俩同睡一屋，我又睡得不实，同房间内无论谁停止呼吸，我都会立即醒来的。头天晚上，他便暗暗检验我说的是否属实——是否这样做了，我表示怀疑——他听到舒缓有致的鼾声，确信我睡着以后，便屏住呼吸。其实我并未睡着，就过去喊他。这似乎使他稍觉释然，但还是将一瓶樟脑油置于床头小桌，以防不测。万一他生命垂危，我未将他唤醒，便可嗅嗅樟脑的气味。此物起死回生，堪称灵验。家中有类似怪癖者，并非仅布里格斯一人。上了年纪的梅里莎·毕尔姨妈（她能两只手指嘬在嘴里，像个男人一样吹口哨）总有一种预感，她生在南大街，结婚在南大街，因此也注定会死在南大街。还有那位莎拉·秀芙姨妈，每晚上床总担心盗贼潜入宅内，从软管中将氯仿隔门射入自己的卧室。为免遭其害——她惧怕麻醉剂甚于家中失窃——她总是将钱钞、银器和值钱细软整整齐齐堆在卧室门口，并附纸条一张："值钱物品悉数在此。敬请手下留情，勿用氯仿为要。"格雷茜·秀芙姨妈亦患有恐贼症，不过她胆识过人，防盗有术。她断言盗贼每晚光顾她的住宅已达四十年之久。她从未丢失任何物件的事实并不能证明她说的不对。她一贯声称正是自己往走廊上扔鞋子，才吓得盗贼来不及得手，便逃之夭夭。她上床前将屋里所有鞋子都堆在伸手可及之处。熄灯五分钟后，便从床上坐起喊声"听"！可她那位先生从1903年以来便练就一副漠然置之的本领，或是酣然入梦，或以假寐搪塞。无论真睡假睡，任她生拉硬拽，就是没有反应。无奈她只得自己下床蹑手蹑足走到门口，门拉开一道缝，朝走廊上扔出一只鞋，接着又朝相反方向扔出另一只鞋。有时一晚上所有的鞋全扔光，有时一晚上才扔出一双。

就在床砸到父亲身上的那个夜晚，发生了一连串奇妙的事情，而我却置身事外。半夜时分，我们都已上床就寝。写到这里，我必须交待一下每个房间的布局和里面的人所处的位置，因为这对诸位读者理解后来发生的情况极为重要。楼上前面房间（爸爸睡的阁楼房间正下方）住着妈妈和我哥哥赫尔曼，他有时在睡梦中还唱歌，一般唱：《走过乔治亚》和《前进，基督士兵》。布里格斯·毕尔和我睡在邻屋，弟弟罗伊则睡在走廊另一侧我们对面的房间里。我们的狗莱克斯睡在走廊上。

我睡的是一张行军床。撑起以后，才有足够的宽度使人能舒服地躺在上面。中间部分平坦，两侧平时是垂着的，和折叠桌一样。不过若是两侧撑起后，人滚到床沿，便有性命之虞：这张床会整个翻过来，扣在你头上，同时发出“砰”的一声巨响。那天凌晨两点钟左右，就发生了这样的情况。后来妈妈在回忆当时情景时，首次采用了“床砸在你父亲身上的那个夜晚”这一说法。

我一向睡得死，醒得慢，（可知对布里格斯说的全是谎话）铁床将我掀翻在地时，开始并不清楚出了什么事。那床像张斗篷一样罩在我头上，身上依旧裹得严严实实，暖融融的，一点也没伤着。这样我就没有醒来，只是稍微有点知觉，又接着睡下了。然而这响声却立刻吵醒了隔壁屋里的妈妈。她迅速得出结论：自己最担心的事情终于发生，楼上那张大床已经压到父亲身上。她尖声嚷道：“快去看看你们可怜的父亲。”与她同居一室的赫尔曼闻声惊起，刚才行军床的倒坍声倒没惊醒他。他想妈妈不为什么就突然变得歇斯底里起来。“妈妈，你没事。”他大喝一声，想使她平静下来。他俩就这样对喊了十秒钟："去看看你们可怜的父亲，""你没事。"这一来又吵醒了布里格斯。乱到这种程度，我还只是蒙蒙眬眬地觉察出大概发生了什么情况，但还未意识到我是躺在床下，而不是在床上。布里格斯在一片惊恐不安的叫嚷声中醒来，立即想到自己已经气息奄奄，大伙儿正全力以赴抢救，好使他"缓过气来"。他咕哝一声，一把抓过床头的那杯樟脑油，也顾不上嗅了，干脆兜头浇下，霎时屋里到处弥漫着樟脑的气味。"呃！呃！"布里格斯尝够了刺鼻的樟脑油味，气没缓过来，反倒差点停止了呼吸，像个呛得要死的溺水者一样咳个不停。他一骨碌跳下床，朝敞开的窗户摸去，孰料碰到一扇紧闭的窗户。他挥手一击，我听见碎玻璃叮叮当当落在下面的小路上。这时，我想立起身，才恍惚觉得床扣在头顶上！我睡得晕晕糊糊，也和布里格斯一样，以为这闹哄哄的声音，是人们正发疯似地想将我救出这前所未闻的险境。我扯开嗓子叫唤："救我出去！""救我出去！"当时有一种身陷矿井、苦不得脱的梦魇般的感觉。"呃，"尝够了樟脑的布里格斯还在咳呢！

这时，妈妈仍在大喊大叫，赫尔曼尾随其后，也同样嚷个不停。她想打开阁楼门，冲进去将父亲的身体从床板碎块中拖出来。门关死了，敲不开，她使劲拽门，毫不见效，反倒引得上上下下捶门砸窗，乱作一团。罗伊和狗也都起来了。一个大声问情况，另一个则狺狺狂吠。

爸爸远离出事地点，又睡得死沉，好半天才被砸门声吵醒！他断定家里是着了火。"我来了！""我来了！"他拖着慢吞吞的、睡意蒙眬的腔调——好半天才缓过气来。妈妈还以为他压在床底动弹不得，而且从一声"我来了"中，听出一个行将去见上帝的人那种凄凉、哀婉的语气。"他马上要断气了！"

她又嚷起来。

“我没事！”布里格斯大声安慰妈妈。他还以为妈妈急成这样，皆因自己刚才濒临死亡所致。我总算找到电灯开关，拉开门，和布里格斯一起来到门口，其他人都在那里。狗平素讨厌布里格斯，迎面朝他扑去——想当然地以为不管出什么事，他都是罪魁祸首——罗伊不得不喝住它。我们听见爸爸在楼上爬下床，罗伊猛地拉开阁楼门，爸爸走下楼梯，睡眼惺忪，怒容满面，但却安然无恙。妈妈见到他就流下眼泪。莱克斯一阵嗥叫。“这里到底出了什么事？”爸爸问道。

事情的来龙去脉终于给弄清楚了。爸爸由于到处赤足乱走，患了感冒，其他倒没什么。一向能从坏事中看到好的一面的妈妈对我们说：“幸好你祖父不在这里。”

选自《散文》1991年第3期

母亲的乡愁

（藏族）章戈·尼马

母亲的乡愁像清晨草坡上沾着露水的小黄花，带着一种渴望。从那年红军把她留在我们这个寨子起，这朵渗透着渴望的黄色花朵便永远在她心灵深处摇曳。一个十二岁的女孩跟随红军来到了金沙江边，当疲惫的队伍渡过江后，已无力再将患着重病的小红军带走，于是一个飘着雾霭的黄昏，他们把她留在了寨子上。红军走了，留下了一个小女孩，留下了一朵渴望故乡雨水的黄花花。以后，被一对年老的藏族夫妇收养的小女孩会在每天的黄昏时分站在江边，望江水匆匆东去，泪水打湿了她的故乡梦。

母亲的乡愁像斜阳黄昏下缓缓流动的金沙江水，朦胧中带着一种少女的凝重和柔情。母亲告诉我，她十七岁那年就不再去江边了，阿爸宽厚的手臂挤走了她的故乡梦。黄昏时分，她得挤牛奶，烧晚茶。而在阿爸去支差役时，她才会在烧着牛粪火的夜晚忐忑不安。这时，那潜在心灵深处的不属于丈夫和儿子的情感才会偶尔爬伏在火塘边。那是母亲新婚不久的一个夜晚，熟睡的母亲突然痛苦地哭泣起来，阿爸惊慌地把她紧紧搂在怀里。母亲擦着泪歉意地说，我坐着牛皮船去找故乡，谁知船翻了。第二天清晨，母亲将早茶斟进阿爸碗里后说，唉，有你，我何必去流泪哦！

母亲的乡愁像寨子前飘荡的经幡，吟唱着一支古老而又难以让人知晓的歌谣。她对阿爸说，都说每个人有一种胎气连着她的出生地。不管他走到哪里，胎气会把他与故土连在一起。可是，我总回忆不起故乡的模样。从那天起，每到黄昏，母亲又开始呆坐在江边，望江水流向远方。她总对我们唠叨自己故乡模糊的影子。一次，我偶然从藏族《四部医典》上看到这样一段文字："极度地追忆一种影子，会造成影子的毁灭。而压抑会使记忆力丧失。"我开导着母亲。

去年夏天，母亲突然闭上双眼走了。不管我们怎样大声呼喊，都未能唤醒我的历经苦难的母亲。在安排母亲的后事时，我对阿爸说母亲是汉族，就按她的民族的习惯把母亲埋在她常去的江边吧。谁知，身心极其憔悴的阿爸摇头说，"你母亲在世时已望穿了双眼。我们别再让她的魂灵受苦。还是让她随江水回家乡去吧！"于是，我们按藏族的习惯将母亲水葬了。早上，天边刚泛起一缕白光，亲戚们便抬着母亲的灵柩来到金沙江边。当桑火的烟尘弥漫了江面时，母亲在超度的念经声中被放入了江水里，奔涌而来的波浪一个将母亲载走了。整个葬礼在庄严和肃静中完成。这个时候是不允许有一点嘈杂声的。不然，它会惊扰逝者的魂灵。一切痛苦，包括泪水都只能强咽在心底。然而，葬礼过后，我抗拒了必须离开江边的俗规。这时我的泪水才止不住地滴落在江水中，而滚滚而来，又匆匆而去的江水好像毫不理会我的情感，它们吞噬了我那对母亲怀念的心灵之泪……

江水在白光中显露着自己的线条，那一道道波纹像一圈圈年轮、一页页历史。我这才发现，一个十二岁的小女孩流落他乡的苦难经历和她沉重的故乡梦全都镌刻在金沙江透明的水波上。庄重而又永远年轻的江水其实早就在用她的慈祥和柔情抚慰着一个流浪女的心。如今江水把母亲带走了，也带走了她的沉重的乡愁。

母亲能魂归故里吗？我坐在江边流泪为母亲祈祷！

选自《散文》1991年第4期

心　恋

[美国]周忆　著　燕飞　译

到美国日久，没有了新奇和不适，逐渐习惯了有规律的生活，慢慢爱上了身边的一切。

风光秀丽的河谷中，几十亩的绿地之间，一座古老的乡间别墅，就是我的家。

每天早晨，我总爱和克利夫到草地上去，露水打湿了的鞋子，晨雾染湿了的头发，带给古色古香的饭厅一股飞扬的朝气。

傍晚，坐在二楼书房的窗边，看晚霞满天，群鸟归巢，一片静谧与安逸。克利夫轻轻走过来，站在背后，轻吻着我的头发，一切是那样恬然，心里充满的是爱的永恒、我转过身，看着他，我的克利夫。

克利夫确实是个有思想、能理解人的好伙伴。他洒脱、幽默。正统固执地爱着家；而且同所有的美国人一样，顽固狂热地爱着他的国家。

生活是那样的平淡，又那样的可爱。我的感情似乎找到了归宿，每天都处于幸福平和的精神状态之中。

礼拜天的晚上，雨下得好大，克利夫把买好的音乐会票扔到桌子上，对我作了一个有趣的鬼脸，随手打开了电视。

来美国后，我很少看电视，不是言情闹剧，就是西部片，倒不如静静地看本中文书。

今晚的书却看不下去了。电视里正转播四国女排邀请赛中国——美国的比赛实况。

我被激烈的比赛感染，一颗心随着中国女排的奔跑跳跃在激荡。好！又一记重扣落在美国队的阵营。不知不觉我竟喊出声来。此时此刻，我多么希望我的同胞赛场告捷，将那一曲庄严的国歌在美国的土地上奏响！狂热中，我没有注意到克利夫在悄悄注视着我的情感变化。当球赛结束，我擦去高兴的泪花，转过身，才发现，克利夫已不知什么时候离开了房间。

躺到床上，刚拿起书，克利夫走了进来。他没有像往常那样回答我的晚安，径直走到床前坐下，直盯着我的眼睛：

"埃米莉，你是美国人。"

我一愣，旋即明白了他的意思，我把书放下，也直视着他。

"不，克利夫，我是中国人！"

"可你有美国籍，我的妻子！"

"是的，我是美国公民，生活在你身边，可我还是中国人！"

他固执地盯着我，蓝眼睛里没有一丝笑意，好久，才拿起睡衣进了洗浴室。

第二天醒来，克利夫淡淡地问了早上好，让我去吃饭，送我上班下车时也只象征性地吻了一下我的脸颊。

他跟我怄气了，为了昨晚的事。

我错了么？克利夫，我爱自己的祖国，有什么错儿！

时间飞快地过去了，转眼一个礼拜，我们依然僵持着，原先那些属于我们俩的快乐时光，如今只剩下了孤寂。克利夫又开车出门会友去了，空阔的房子里就我一个人，我能找谁呢？

有的时候，环视四周，绿色的草地，漂亮的房间，大理石的地板，高雅的壁画，还有克利夫，他的才干，他的柔情，我也曾怀疑过自己的坚持是否有意义。

然而，要我道歉绝不可能。独坐夕阳下，常常想起白桦的那段话：

"如果这只是一张画布，只是一些颜料，只是一些画家空想出来的线条，阴影和轮廓，我们可以撕掉、涂掉，扔掉，但不幸，她是我们的祖国。她的江河里流着我们的血液，她的树林里留着我们童年的梦想，在她的胸膛里有千万条大路和小路，我们在这些路上吃过很多苦，丢掉过无数双破烂的鞋子，但我们却得到了一个神圣的权利，那就是：祖国，我爱你。"

这时候，我才真正地感觉到，祖国，对她的每一个儿女来说，既不只是一个字眼，也不仅是一个空虚的概念；热爱祖国，是一种刻骨铭心的信仰，一种深沉的无可比拟的爱，一种埋在心底的依恋。离开了祖国，尽管有父母姊妹朋友之爱，也填补不了心中的那片空白；离开了祖国，尽管有了家，立了业，却仍是一个游子，一叶浮萍，一棵无根的草。

于是，我一日比一日渴望，渴望那片黄土地，即使那里只是老土炕，糙米饭。

我再也受不了孤独和思念的痛苦折磨，请了假，决定回国。

克利夫照例准时来接我下班。

我们谁也不说话，只有收放机里一个女歌星幽幽的歌声在空中回荡。

磁带转完了，我轻轻开了口：

"克利夫，我请假了，想回……"

我爱你，埃米莉，你是个真正的中国好姑娘。"

我睁大了眼睛，克利夫在说什么？

"你是对的。一个人无论走到哪儿，祖国是忘不了的；你爱中国，并不说明你不爱美国。原谅我，亲爱的。”克利夫蓝色的眼睛如一汪碧水，满含柔情。

“谢谢你，克利夫，我也爱你。”不知为什么，我的心跳是那样快，竟有些语无伦次：“是的，我爱你，我爱美国，但中国永远在我心里，这也许就是——”

“——心恋，亲爱的。”

选自《散文》1991年第5期

与娘同舞

李送今

记得娘是五年前退休的，刚退休时娘天天嚷着去补差，全家没有人赞同她去补差，没有人为她的补差去奔波。船到码头车到站，全家人一致认为，干了一辈子纺织工人的娘，应该守家享清福了。于是娘的补差积极性受到了挫伤，娘的日子闷闷不乐。为了讨娘欢心，大家献计献策。弟弟建议她去钓鱼，小妹建议她去养花，我建议她去跳跳老年迪斯科。娘说钓鱼她没耐心，养花她没知识，跳舞她怕羞。我鼓励她，没什么羞可怕，您混到人群里不会被注意的。娘听了我的话，心动了。在一个有早霞的日子里，她去海河边学跳迪斯科去了。

我对老年迪斯科一向视为低幼活动，以为那是老年人锻炼身体打发时光避免孤闷的一种方式。开始娘跟别人学跳舞，后来别人跟娘学跳舞，几十年来人们喊她马姐，今日人们居然官称她马老师马教练马指导马领舞。娘不仅早晨去跳，晚上也去跳，不仅在本街本区跳，还到外街外区跳。娘忙了，忙得兴高彩烈，忙得门庭若市。老姐们老哥们天天都来邀她去跳舞，就是逢年过节，他们一早一晚的跳舞活动也是雷打不动。

娘染了一身舞瘾，引来大家的议论。弟弟说，这是好事，经常锻炼可强筋壮骨延年益寿。小妹说，这事不好，天天在外面疯跳疯蹦的，太招摇太刺眼了。我说这事别急于定性，要对娘的舞瘾分析研究。

娘给了我一个机会，约我择日去海河边观察她们的老年迪斯科对抗赛。我是宣传队员出身，一向以舞星自居，正中下怀的约请，使我能观摩到老头老婆们舞动起来是何样的姿态与心态。

在太阳露出唇边的时刻，我来到了海河边儿。抬眼望去，河两岸长者如云，桑榆如林。舞剑的，蹓鸟的，吊痰的，练太极拳的，好一派老年人的天地。海河把晚荫留给小青年去热恋，海河把晨光送给老年人来享用。海河，你好贤惠哟。

大约是七点钟，迪斯科大赛开始了，沿河两岸，长者们自觉列队站好，娘站在队列的最前方，显然是领舞的位置。娘的上身罩一件大红色运动衫，下身穿一条白色健美裤。从远处观去，娘的年龄可以大幅度裁减。娘的身后站的是田娘和蒋爷，我知道田娘原是肿瘤医院的老护士长，蒋爷是二轻局的一个处长。他们都是娘的舞友，经常在一起切磋舞技。

一曲红莓花儿开的乐曲响彻晨空，老头老婆儿们跳起来了。

我在观众群里望着娘，娘像一簇焰火在我眼前辉映，娘像一朵红玫瑰在我眼前怒放，娘像一面旗帜在我眼前猎猎，娘像一挂热瀑在我眼前跌宕。她不是在领舞，而是带领着一群仍然新鲜的灵魂去野游。她不是在表演动作，而是在表现生命。我注意到了，不光娘跳得好，田娘蒋爷及全体舞蹈者跳得都挺好，都挺有味道。这支队伍里有处长有局长有工人有教师。若干年前，他们素不相识，各司其职，是岁月的牧笛将他们召唤在一起，手舞之，足蹈之，乃人生最洗练的语言，最直率的宣泄，最强烈的情绪，最坦诚的表白。人至暮年，生命成熟了老到了，唯有这样的生命最耀眼最灿烂，像九月坠枝的红枣，像十月尽染的枫叶。以舞星自诩的我惭愧了，因为我舞姿中没有娘的生动，娘的洒脱，娘的奔放。我人到中年，忙碌于安身立命，纠缠于勾心斗角。而娘无忧无虑，只剩下一段碧绿色的生命。

舞间休息时我问田娘，为什么让我娘做领舞？田娘告诉我，你娘的舞姿可以把我们带入一种忘情的境界，像我们这把年纪的人，最希望抖落一生的俗尘，进入忘情运动。

我被直言所感动了，我对娘的舞瘾理解了。

音乐再起时，我站在娘的身后抒姿起舞。恍然间我忆起了三十年前跟在娘的身后咿呀学语情景。我悟到，在娘的面前我永远不会长大。

我跳跃着舞蹈着，我的舞魂紧紧依偎着娘的身影。

选自《散文》1991 年第 10 期

昨夜，慈母又入梦

（台湾）张 过

昨夜睡眠中，我又梦到了母亲。

依稀是旧日的家门，依稀是旧日的院落。

花坛上，母亲亲手栽植的木兰萎谢了，紫丁香再也绽放不出白色花朵，我最欣赏的天竺葵，移植到哪里去了哩？

母亲靠在葡萄棚荫底下一张竹制躺椅上，我所熟悉的葡萄棚荫，只剩纵横茎藤，扯铺在院落中央木架上，没有一片绿叶碧枝。

朦胧中，看到微阖枯陷双眼的母亲，背脊似乎不很舒服，我谨慎地扶起母亲坐着，随手取了个棉质垫褥，垫在母亲的腰际，我用双手轻轻捶摩母亲酸痛的肩胛。母亲的手脚，似乎有点麻痹。我取过一床薄而软柔的棉被，盖在母亲身上。

朦胧中，母亲的牙齿仿佛都已脱落，她不能直接去咬啮咀嚼食物，我找了许久，方弄来一杯果汁，果汁内添加了一些人参汤，听说老年人吃人参汤可以延年。我用汤匙一匙一匙喂给母亲吃，有一滴汤汁滴落到母亲脸颊旁，我怕母亲感到难受，连忙用手巾浸过温水，拭净滴落到母亲颊旁的那滴汤汁。

母亲该是八十一岁了，犹在守着一个孤寂的院落，撑持一个衰败破落了的家门？

一九四六年二月二十五日，在寒风凛冽中，我离开家乡蕲春，远游于武汉，把一连串寂寞，抛给母亲独个人长期嚼噬。

母亲脸上有欣悦，谁能探触到蕴藏在母亲心灵深处的悲悒怆凉。母子相依，二十余年，一旦她的爱儿遽尔离去，怎不倍添心间的惦怀悬念。

幸赖母亲一素坚强，安于寂寞，不以贫贱怆凉为念。

一九二三年八月，父亲因为恶性肺疾，结核菌造成肺血管破裂，大呕鲜血，离开这个人类当时尚无法抗御肺疾的世界，留下一个孤单而怀有身孕的母亲。

那时，母亲仅有二十四岁，六个月后生下了我。为着撑持一个虚矫的旧有门第，为着存留那点书香气息不致消磨，母亲未曾想到，空匮冷寂的宅院，怎样也揽挽不住一个世家门第的趋于没落。母亲未曾考虑到，贫贱孤寒，在现实生活中所能遭遇到的挫折痛苦与磨难。她不顾一切，母兼父职，毅然担负起抚育教养我的责任。

寡母孤儿，身世应该是悲凄郁苦的，然而，我却没有啃尝到一丝一毫悲凄郁苦的生活况味，相反的却能享受到完整而丰盈的母爱。

在一个经济环境并不怎样沛裕的旧式宅院里，日夕母亲以种花、读书来安排生活。院落中石砌的花坛，母亲亲手栽植许多木兰、白色紫丁香，靠墙边的泥土地上，种满芫菁和龙草。

我喜欢天竺葵绽开的深红色花簇，便在母亲栽植的木兰间隙处，栽种几株天竺葵，遂使木兰的幽馥，庇荫天竺葵阔然深红花簇，为破败寂寞的院落，平添一股雅然超逸情趣。

每日黄昏，我为栽植的花草浇水，母亲用锄锄松花株根茎下的泥土，然后施与一些自然肥料，让即将逝去的灿烂夕阳，投映在母亲和我身上，显得是那么温馨愉悦。

黑夜，阵风掠过窗外石阶，架上葡萄茎藤，会发出丝丝细响，声音虽然如此冷寂落寞，煤油灯前，母亲陪伴我读书常是读到很晚。有不了解的词汇、成语，母亲总要翻阅辞源和其他词书，然后详尽解释给我听。

在母亲无限爱的抚育下，我一点也未感觉到自己竟是一个无父的孤儿，一个不幸的孩子。

离开母亲四十多年了。在此一段悠长的岁月中，除了不时在睡梦中梦到母亲，母子之间信息渺然。想象中，母亲必是朝夕倚闾瞻望，企盼她的独子归去。

是的，我该回去了，带着四十多年的怀念，带着四十多年的感伤，回到我那风烛般的慈母身旁。我要重整花坛，把那天竺葵栽培得跟往昔一样繁花满树，硕果累累。

选自《散文》1991年第12期

父亲与种子

彭文学

父亲在雨天一个雷鸣的时刻，浸下了溶着他那汗水与希冀的种子。

那日渐饱胀沉入盆底的就是父亲的希望。絮巢、保暖、灌水……整个工序专心致志、一丝不苟就像对待自己初生的幼儿。驱散冬日的懒散与忧闷，伴着自信、欢喜与真挚。

“水太热了。”“拿点薄膜封紧。”话语是那样的干脆与权威。母亲忙不迭地在围裙上擦干净手搬这拿那。

在揭盖的那一日，父亲惊奇了。多年的经验并没有唤醒那贪睡过头的谷粒。

于是，经验的再次重复……

父亲叹息：“唉，今年……”

父亲刚捧起的碗又放下，用带着泥腥的手翻动那忧伤的谷粒，似想嗅到永远引诱他的那股气息。

“我老了……。”父亲长长的一句，让家人感到心酸。

父亲掇拾起泛黑的烟斗，蹲在田埂旁，听春分的细雨淅沥。似被岁月犁铧掀起的皱纹旁已有了缕缕白发，凝视远方黝黑泥土的苍老目光搜寻土地上滋长的那份希望……

选自《散文》1994 年第 2 期

生命之桨

怀　理

我轻轻合上书，无意识地转过脸去，就看见了女儿那双柔嫩的小手。进入梦乡的小女儿脸蛋绯红，透露出十足的生命色泽，而那小手，叶片似地伸在枕边，完全是一种把握的姿势。

我仔细地观赏着这只小手，心中突然惊异起来。这只小手，从形状上看，完全是我的手的复制品。这使我对遗传的神秘和生命的伟力充满了无限的敬仰。就是这只小手，无可辩驳地证明我曾经为人类制造了一个生命。难怪只要握住女儿的小手，我就有一种握住了她生命的感觉！

手是人类的双桨。人类就是凭着这样一双桨，把自己划离了猿群，划进了新的世界。其实，人类是一条大船，人的个体又何尝不是一只小船？理想成为舵以后，双手就是两支桨了。而脚，这时只是一种浮力。

啊，手，你这生命之桨！

女儿一阵呢喃，小手伸展出去。哦，孩子，你极力伸展你的小桨，你将要划向哪里？

女儿周岁时，我们没有放上许多东西让她去抓拿。这不是不屑于这样，而是害怕她抓住了不该抓住的东西。做父母的既然创造了生命，总希望这生命辉煌而绚丽。

于是，我们常常观察女儿的小手将伸向何方。一次在公共汽车上，我忍不住问小女儿长大了干什么，谁知她却小手向车窗外一指，不假思索地回答："修楼房！"远处，果有一栋未完工的楼房耸在那里，脚手架上的工人正在忙碌。对于女儿的这个回答，周围许多人都在笑，而我却不由心里一凉。

难道这只柔嫩如笋白皙如玉的小手将要去操砖刀？

直到女儿上了幼儿园的中班，我的心中才如释重负，闪射出喜悦的光芒。那天，我去幼儿园接她，她一反常态，异常激动地狂奔过来，脸上充满喜色。她高扬着手臂，高喊："爸爸，我当值日生了！"这时我才看见她手臂上的红袖套。阳光下，这袖套熠熠闪光。这时，她的班主任老师走过来，给我讲女儿的故事：课间做操时，当了值日生的她不会带操，站在队列前而手足无措。原以为她会仓惶归于队列，谁知她却从队列里拉出一个同学替她带操，而她自己，则倒背着双手站在那里，一副垂帘听政的样子。

听到这里，我笑了起来。四岁的孩子，能够把拥有的权力运用得这样淋漓尽致，委实不简单。

知道值日生的袖套在女儿心目中的分量，我便以此鞭策她。玩了玩具不收，不好好吃饭，不认真听故事，我都以没收她的袖套相要挟，她也不得不乖乖地听话。而过去道理讲尽，好话说完，效果却不佳。

饭后，她与隔壁的小孩一起坐在地下玩过家家的游戏。我让她起来不玩了，她不听，我又使出杀手锏——没收袖套。谁知她没有半点犹豫，伸出手臂，斩钉截铁地说："拿去吧！"我突然僵住了，这结果大出我的预料！难道这袖套突然间没有分量了么。

我没有没收她的袖套，只是站在那里。而两个孩子，这时却旁若无人地做着他们的游戏。他们以泥土当饭，以树叶当菜，正制作着美味佳肴呢。

猛地，我被孩子们的童心感染了。我不是也有这么美好的回忆么？跳一下便是飞上天了，坐一条木凳便是骑上骏马了。这时，我明白了，对于女儿，不是袖套的分量没有了，而是童心的分量更重。

在权力与童心之间，女儿选择了后者。

看着女儿动作自如的小手，我不由看了看我自己的手。这些年来，我总感到沉重，感到生活得太累，是不是因为我手臂上有个无形的袖套？

我这宽厚而又沉重的手啊！

这个夜晚，我望着小女儿柔嫩的、叶片似的手，感到无比欣慰。我走过去，轻轻地握住这只小手，一如握住了小女儿的生命，我深深地触到了这生命的绚丽辉煌。

这生命之桨，必然会划进崭新的世界！

选自《散文》1994年第7期

箫音如缕

邓云贵

这片野地如是荒芜了千年。清清小河自其腹部流出，在凸凹不平的山林忽隐忽现。三五户人家临水而居，日出而作，日落而息；时光之兽倏然来去，踏波无痕。

某日，盛夏的天空溢彩流金，一群来自省城的知青突然闯入这片野地，惊起无数山鸟簌簌飞掠。他们不禁快意地长歌了。歌吟之余就拓荒，就结庐，就上演些旷古绝今的剧目。其间自有许多大欢喜大悲哀。然若干年之后，知青们卷席返城，所有过往的一切就被掩埋在别离的烟尘之下，永远地沉默了。就这样，他们辉煌来凄惶去，留下一个方圆十余里的农场，名曰莲花坪。

十七岁那年，我怀揣一张中师文凭踏上这莲花坪。其实，莲花坪并无朵朵莲花，满山满野倒尽是早已枯萎的梨树，树间草艾蓬勃，深藏若海，兀自荒凉。那时知青离去好些年了，昨日的喧嚣已杳不可寻。倘若人们故地重游，或许有更深沉的感喟在风中零落吧？

迎接我的是一病汉模样的中年人，背微驼，点头招呼时仿佛在鞠躬。他是语文老师林。林寡言少语，背起我的大木箱就走。或许我那箱书是太过沉重了，林瘦弱的身子竟被压成直角凸现在裸露的黄土大道上。那时刻，残阳如血……

学校就在山脚,矮矮的两幢平房泥墙青瓦,临山一面爬满青藤;小河打门前流过,幽幽一碧,令人不胜清凉。学校背后是废弃的梨园,园中尚存一破败茅屋,大约是守园知青的住所吧。黄昏时分,我曾无数次独步于这寥落的荒野,把玩一棵沉默的梨树,任薄暮悄悄降落眉梢。

离开农场后,我时常向同龄人诉说这块土地,诉说土地上早已死去的梨树。他们愕然了,旋即认定那是参悟玄机的妙境,又歆羡我能如此这般融入那片野地。我哂然笑曰:潇洒出尘只是瞬间的感觉,从繁华中来还得回繁华中去。

记得在农场的第一夜我是独坐到天明的。我无法忍受那人籁消歇的静夜。学校只住林一家,其他老师住在村里(全场包括三个村落,彼此相隔数里)。我在林家搭餐。当夜色四合,林便悄掩门扉,我亦踱回自己的屋子。最后,荒野仿佛吞咽星光的黑洞吞咽了全部人声虫鸣。我不得不在屋子里疾步环行,弄出些微响动来抚慰我饥渴的心灵。我因之顿悟,孤寂是一条无法穿越的隧道。

我终于走了,但林还在。我不知道茫茫黑夜于林意味着什么。他是不是也如我一样感到冷寂感到空无傍依呢?那时候一到晚上,林家仿佛进入天人合一的冥想状态,寂然无声,唯有昏黄的灯光透过布满苔痕的柴禾窗,撒落在默默流逝的河水上。我曾试图打破沉寂,让喧哗在林家升腾。但我失败了,他们似乎更喜欢沉默更习惯被人遗忘。

慢慢地,我才明白林被人遗忘是一种必然,因为,在别的老师眼中他是微不足道的。林一般总坐在自己的办公桌前备课批改作业,不苟言笑。偶尔与人下棋,却总输。其实,林棋艺颇高,只是别人走悔棋。有时情急,林也想悔,但一遇上对手的目光便松了手。我有意让他赢几盘，林露出一笑。我怀疑他是出于感激才请我喝酒的。几杯劣质烧酒下肚，一抹鲜活的红竟漫上林那张深刻的脸。许是被烈酒激活了，林不禁吐气扬眉，侃侃而谈，泻珠溅玉：说尼采说贝多芬说生死了悟。后来语调渐转沉郁，竟低低说起年轻时与深爱的女孩如何飞花如何捕蝶如何望穿秋水，又拿出大札情书让我验明正身，我醉眼蒙眬不辨真伪。末了，林露出一脸繁华褪尽的落寞，凄婉地说：谁能把切命运的脉管呢？

第二天，林往日的情态又平复如初，令人疑心昨日的显现只是镜花水月。我最终放弃了探寻究竟的想法，毕竟，撩开昨日的面纱窥探凝血的伤口是不道德的。但从此我对生命的起落便有一份更执著的关怀。我也开始在黄昏漫步时把沉思的头颅压得极低，任西天的晚阳在风中滑落。倦了，则必定步向水边的梨园，寻一深草处躺下，把散淡的月光投注在森然而立的梨树上。不知怎的，我常常幻想一种撼人心胸的场景：太阳宛如巨大浑圆的伤口高高悬空，汩汩流淌鲜红的血把蓝天白云染得金一块紫一块；一大片古铜色的脊背在灼人的辉光中吱吱冒汗。幻想久了，就感到一股苍凉破空而来，逼人眉睫。慢慢地，我隐隐约约领悟到紊乱生命中某种不可言喻的意味。

记不清多少次在这横遭弃置的梨园仰望星辰，记不清多少次徘徊于水湄任烟岚般的柳丝把脸颊轻擦。季节轮回，浩月盈虚，面对阒寂无人的旷野，历史的声浪人生的际遇都变得真切可感。冯友兰说：人们总知道自己在社会中的位置，但很少知道自己在宇宙中的位置。不错，生命个体不过是宇宙中的一缕微尘，时间之河上泛起的泡沫。但谁的目光能越过人类的颅顶直逼浩渺的宇空呢？我曾有过与天地同化的霎那感觉，但迅速被凡间的箫音拉回就再也没出现过。

那是一个月色如水凉风如水的夜晚，我面对一河月光独自沉思。无数小鱼儿窜出水面露出一身银白又“啪”地落下，发出声声脆响；山野微风的清鸣一如天河的水声此起彼伏。漫天月色空濛奇幻，周遭的一切仿佛隔帘花影。我不知不觉在溶溶月色中淡成乌有……

蓦然，一缕轻微的箫音把我唤醒。原来荒江野岭尚有吹箫人独立！那微吟般的箫音由河流上游飘浮而来，宛如宣纸上的墨痕，缓缓在月空中浸润，丝丝缕缕，纤毫毕呈。我呆住了，幽渺的旋律化成万千幻指轻拂我双眸。不能承受那份哀婉那份对生命的眷顾，我只好把清泪长流。一定过了许久，我才轻移步履，寻声而去——哦，那吹箫者不就是林么？

杨柳岸。盈盈月。伊人如雪。

选自《散文》1994 年第 7 期

甘　蔗

许苗苗

从小生长在北方，却向往南方那“甘蔗林，青纱帐”的朦胧美丽，也特别喜欢吃南方的水果——甘蔗。

说它是水果，却也不太像，别的水果都是圆形的，柄上有叶中间有核，像苹果，梨、桃儿什么的，可它呢？长长的紫中透黑，表面覆着一层白霜，好像晨雾中挺立着的墨竹。啃掉皮儿，再看里面，那竟是蜜一般晶莹透黄的颜色。别犹豫，快咬一口，那清凉，那沁甜，什么饮品也没法儿比。将它在口中嚼啊嚼，直到汁水全被吞进肚里，什么味儿也没有了，吐出来一看，乳黄色的渣儿，粗粗的木质纤维，却不会扎嘴。

在平淡如水的日子里，吃甘蔗是我最大的乐趣。我喜欢走在郊外田地间纵横着的阡陌上，大口地咬甘蔗，脆脆地嚼甘蔗，自在地吐甘蔗渣儿。

就这样，我长大了，从乡村走进了城市，走进了全省最好的中学，周围的男孩儿和女孩儿从装扮到兜里的零食，样样都新潮，我怎能不赶趟儿？一身靓女式洋装，一口软软的南方口音，一兜包装精美的零食——台湾话梅，美国开心果……

那甜甜的凉凉的甘蔗，那绿绿的茂密的田地，已被我脑海中充满着的明星档案、流行曲挤跑。

一天上街，忽见一辆车上放着——甘蔗？又不太像。不是记忆中那紫里透黑的颜色，而是紫里透红，红里泛白，像一堆没染好色的木棍。不过，那一段一段的节倒是原来的样。“多少钱一根？”我问。“五毛。”真便宜，我一下子买了四根，正想啃，忽见一手执小红旗的老太太正狠狠地望着我。哦，这是闹市，不许随地乱吐，我走到一个卫生箱前，张开嘴——咦，周围的人怎么都盯着我？是不是在这儿吃东西有点儿不雅？我忍住口水提着甘蔗跑回了家。

终于，我可以放心地吃甘蔗了。咦，这甘蔗里怎么有这许多白茬儿？嚼一嚼，干干的，少了点儿甜味，多了点儿柴禾味儿。再啃开一根，芯居然是红色的，“新品种么？”一口咬下去，真难吃，像什么东西放馊了。唉，食欲没有了，看着眼前的甘蔗，我只好叹口气。

我的甘蔗，我的童年。

选自《散文》1994年第8期

红　马

姜宝才

谁尝过冻死的滋味?

我尝过,都因为追赶那只迷人的红马。

从前就是这样:人与苍狼、野牛、烈马……等动物共舞,同享一片山地、森林和草原。人从动物群走出的,在与动物及同类的搏斗厮杀中发明了一种速度。人的长驱本领退化了,马便成了人的“腿”,成了人的朋友。

放了三十多年牧,我第一次见那样红那样骠骏的马。它奔驰起来,就像树上飞落的枣,把经历的空间都染红了。

红马,我钟情的马,它高昂巨颅,鬃抖尾摆,远远望去,像披着红毛的太阳在荒漠腹地滚动。

我想骑它去追赶荒原狼;我想骑它走出大漠,征服雪山;我想让它安享于漂亮的厩房,为草原繁衍红色的马群。

纯种的红马,却总跟我摽劲儿,疏远我,不让我梳理,更不让我接近,记不得多少次,我悄悄走近它,都被它红色的警觉发现。它跑到远处咴咴嘶鸣。我挥动十接头的套马杆,晃着岁月敲打的肩膀,疾速向它奔去。它逃跑了。

红马的傲慢,像个铁钩扯住了我的决心:即使星辰陨落,山裂雪崩;即使失去双腿,也要追上它。驯服它,抱颈扯鬃狠狠亲吻它。

太阳月亮打破了值班表为我当向导。

追求并不一定能获得，追求的过程才是享受。

不知追了多久，就在套马杆伸向红马巨颅的时候，白毛风疯狂起来，刮得天昏地暗，似乎一切秩序都被打破了。

不知天在哪地在哪路在哪了。这是人一生中最痛苦的时刻。这时，我发现红马出奇地好看，鬃毛是山顶枫林，啼声是天宇雷霆，红色是我向往的大境界。红马像一把燃烧的火炬，点燃了莽莽雪原。

身疲力竭了，我终于倒在了雪地上。不知过了多久，大概是很短的时间，听到海啸雪崩般声响。原来，一个高大的蛮人正挥动鞭子无情地抽打我，我的征衣结出一朵朵棉花。我是一棵颤动的树。

忍受着一切终于从雪地上爬起来。又一个奇迹出现了——红马挺着高昂的头向我跑来。它用巨大的头颅抚慰我。红马流泪了，为我感动。

我忘情地跃上马背，挥手间，发现那个蛮人手里拿着鞭子向我微笑。

红马抖鬃长啸，驮我远行。

选自《散文》1995年第4期

我那个城市的冬天

赵建英

冬天是我的眼睛，我为冬天而说话。

忆用双手蒙住我的眼，说：“阿姨，你猜猜我是谁？”我知道他是谁，但突然萌生的儿童恶作剧心理却让我回答：不知道你是谁。忆很得意，继续用小手蒙着我的眼睛延续他的快乐；我也很得意，我看见阳光透过忆的双手过滤成一片水晶红，顺着他的手形弥漫开来。

这是一段哪儿遗落的往昔呢？我将记忆的行囊翻了个底朝天，终于明白二十年光阴织成的篱笆竟然真能遮住童年的孤屋和荒原。那时，我跟着爹娘在荒原的土屋里居住，没有人来，更没人与我说话，甚至连云影雁鸣都懒得光顾我的天空。

冬天无法玩泥巴了。便把夏天在河边捏的泥人泥狗泥鸭子拿出来，与它们呆腻了，忽然想蒙上自己的眼睛看世界是个什么样，接着就发现了平生第一个奇迹：一片血红。鲜艳透明晶莹纯洁的一片血红。我高兴地大喊：我看到啦，我看到啦！这时，依然没人注意我，也没人回应我的快乐。这一刻，我那根本没有形成的寂寞感受到寂寞成熟后也领略不到的沮丧，木木地举着小手，独自欣赏奇迹的进行式。

……我尽量促使自己与忆对话，鼓舞他，赞赏他。可激动使我无法顺从自己的意志。当忆的小手自我的脸上滑落时，便有愧疚从心里漫上来。忆却并不在意，笑着跑出了我的小屋，一边跑一边喊：好玩好玩，阿姨猜不出我是谁！

这是我到这个城市的第一天经历的一件小事。而那天正是冬天开始的日子。没有树的城市里植满了红柳和冬青，这些树却始终不被人认同。植物是没有思维的，它们一直无怨地茁壮成长着，几乎不必浇水施肥，一样葳蕤繁盛，有些卑微也有些雍容。这个季节红柳早已落叶了，只有冬青伴着繁忙又茫然的路人。在萧索与肃杀中，城市的足音噼噼啪啪地响起来，人们随着城市脚步走成一座座无语的雕塑。

这情景使我想到忆的画，还有敏的歌莹的标枪伟的自行车与倩的舞蹈。这些除了忆的画属于儿童天性的自由发挥，其余的形象都是他们的职业。忆是这帮叔叔阿姨中的天使，这个小天才。他把弹钢琴的敏画成一只云雀背着一个蝌蚪音符在空中飞翔，将跳舞的倩想象成大海的红色人鱼，每日早起练车的伟是踩着铁轮子忽闪翅膀的胖猪；更好玩的是莹，只有一条弯弯的虚线在白茫茫的碱滩上飘荡，看上去比她优美的远投姿势更优美。看了这些漫画我不禁有一股冲动，问忆：我呢？忆如小鹿蹦上伟的车梁，天真地朝众人大呼：阿姨要走了，我可不给她画！

为什么？我刚来我不会走。没人理会我的辩解。城市是我许多年的梦，好不容易入梦我是不会轻易醒来的。因为在城堡之梦的高墙上，我可以鄙视所有鄙视过我的人与事，把自己放射成一只灿烂辉煌的太阳。然后，用我的光芒回照人间，回照养育我的荒原孤屋，告诉他们：我不是叛逆的孽障！

城市给我的依然是孤独。

只有忆到我的小屋里来作客，这是个可观察而无法交流思想的小男孩。他所有的问题都是主动的冲锋陷阵，当他许多的问号朝我飞来时，我有一种难以招架的狼狈，也有一份亲切与欣慰，回答他的同时也完成了我对童年的回顾与瞻仰。有一段时间总有个念头缠着我，我认为忆像我的儿子，将来我的儿子是否真的像忆？

我说忆是天才也是因为他言中了一个事实。

因为那个冬天刚刚结束，我就很无奈很失意地离开了这座城市。今生我不会再回来了，尽管忆像一条线，时时地揪紧我的思念。

当我怀着比较本真的质朴进入城市时，脚上的泥巴就被垃圾污染了，不知道“纯粹”究竟是什么。依旧无人与我对话。有一天我走在楼厦峙立的大街上，突然意识到我寻找了十几年的那个男人就在我身边的人流里浮沉，我们曾在同一张水泥板书桌上念了三年书，我熟悉他的气息如同熟悉我那数学永远考不及格的少年时代。我脱口喊出他的名字，听到我的喊声他匆匆离去，只留下低垂的头颈与宽宽的脊背。没有来由的屈辱击垮了我仅存的一点信心，望着他消失在楼区外阳光下的背影，我一下子记起有一年老师领着我们畅游黄河时与漩涡浊浪搏斗的壮烈，我生气地骂老师故意折腾我们，他却像条欢快的鱼在漩流中起伏，大声说：就是比池塘好！

这件往事与现实毫无瓜葛，如同我在城市的楼顶上想象年少时的黄昏牧场。我在那个城市始终像一个背着面包屑却找不到家门的孤蚁。一个不得志的无业游民因为还有一点不值钱的自尊，所以进入城市的第一天便进入了一个看不见的圈套。我无时无刻不找一件往昔的存在来对比城市的一滴水一棵树一座高楼一缕月光，而自己则站在高寒的山岩上被飓风吹得动荡不安。

大雪铺盖城市的时候，它变得异常温顺乖巧又多情，小心地点数着遗在雪路上的日子。忆与我待在小屋里等待太阳，我被化雪的声音折磨得无比忧伤，便再一次央求忆为我画一张画，想不到他比第一次更坚决地拒绝了我，一个劲儿地说："我蒙上你的眼睛时，为什么猜不出我是谁？"

我的心在雪走去的声音与忆的对话里浮上来，飘着飞着荡着，仿佛什么阻隔都没有，仿佛冬天也不存在了，城市离我远而又远。一双小手遮住了我的眼睛，一片纯粹又湿润的光芒把冬季城市过去未来、往事和心愿笼成一个没有边际的圆环！我眼睛里的语言，水一样流出来，冬天与城市漂在我的水里越来越遥远。

踏着积雪正在消融的街道（被污染的积雪化成一地黑泥污水），我悄悄地离开了那个城市。一路上总是听到奇怪的声音在与我讲话，我辨别了上千次也无法确定这是谁说的是什么，是艺是敏是冬天是太阳还是无树的疲惫的城市？

后来，那个城市的冬天便永久地驻在了我的心里。被忆的一双小手罩着，发出一片混沌而浩茫的红色辉光！

选自《散文》1995 年第 7 期

虎门凭吊

王文杰

夜宿虎门。和畅平匀的滔声难以给人带来幽幽韵致，反添顾影独怜颇悲往事的惆怅。看一眼窗外疏朗的月光把夜色调成一种迷濛状的烟雾，令人触目虚缈，非梦非醒，忽觉那烟雾里渐渐走来一人物，手捋一缕胡须。谁？林则徐。只见老先生，虽磨蚀百年，仍面色红润，鲜活如初，骨骼清峻，酷似一孤瘦的山松立于虚无缥缈的淡雾中。亦真亦幻中，又觉那淡雾渐稠，聚敛成烟，一片片地升浮，游弋出一艘艘利炮坚船，还有一个个骨瘦如柴的汉子背负着大木箱子，如蚁负山，若蚊荷石。滚进来的黑色球体和搬出去的白银，在烟雾中错落出一种使人兴奋不已却又令人黯然销魂的交瘁。

我常驻足于那些镂着一段悲壮历史的名胜古迹。一处名胜古迹往往是一尊凝固的历史。它宁静而又喧嚣，喧嚣却又宁静。说它宁静，因为它是经过数百年甚至数千年的风干、浓缩而成的历史积层，那积层里静静地沉淀着盖棺定论了的或待人评说的民族、人物、文化、风俗。任社会变更时间冲刷，这些陈迹标本般地如化石一样凝固不变。从这个意义说，这是一种宁静。为何又说它喧嚣呢？那是因为幽藏于岁月积层中垂目入定但并不甘寂寞的历史、人物、文化、风俗，随时呼之欲出，备人钩沉，它们会吱吱呀呀地推开历史封闭之门，抖落一身旧尘，带着那个时代的语言，和你对话、交谈，叫你赫然感到历史的河流从过去的幽谷中澎湃奔出。你能说这不是一种喧嚣吗？

虎门，在春秋战国时属楚国。当时并不叫此名。某年某月某人，在纵横交错的一片泽地中，纵一叶扁舟，凌万顷碧波，豁然开朗：眼前汪洋恣肆，惟二山凛然突出。那二山相次，若虎踞之态。那人在惊奇大自然神工鬼斧之时，睹物生情，忽生灵感，信口赋其名：虎头门。简言虎门。虎门虽有夺世之名，可知道这个名字的人天下稀微。那场鸦片战争才使虎门这个无名之地骤然扬名于天下。

我们还是看看眼前的虎门吧。残荷败叶把秋天吃得残破不全。百草凋敝预示着一个季节的苟延残喘和另一个季节的锐不可挡。只有销烟池四壁上那片片鲜嫩的青苔，在新生与衰老之间昭示一种永恒。近代中国，清王朝成了强弩之末，国事举步维艰，国力日益颓衰。是时，毒品鸦片为祸甚烈。1838年12月，也是一个秋天，林则徐被朝廷任命为钦差大臣。他坐镇虎门，颁布法令，限外国鸦片商三日内将鸦片全部交出，违者“人即正法，货尽入官”，终于使英国鸦片贩子交出两万多箱鸦片。1839年6月3日，堆积如山的鸦片，投于两个50尺见方的销烟池，付之一炬，围者人山人海，雀跃欢呼。时隔今日整整一百五十多年了，那深凹于地下的销烟池仍然是四壁苍苍，焦痕累累，至今你可以感到来自池内深部一种热辣的灼烤，好像那是两眼永不死枯的火山口，里面潜动着岩浆，喷着一种惨烈。奇怪的是那池里焦黑而寸草不生的四壁上，倒长着一层不朽的青苔，用一种温湿和清润，不露声色地润泽着苍凉的过去。

百年近代史留在虎门这一页是沉重而无法可以信手翻过的。在一棵藤蔓缭绕的古榕树下，并列着两门锈迹斑驳但被游人触摸得古镜一般的旧炮。一小，是中国造的；一巨，是当年清政府花几十万白银引进的，叫古虏伯。令人遗憾的是当年刚拉响炮栓，第一枚弹头就卡在炮筒口上，永远不动了，成为今日一大怪景。我看着那门卡了弹丸的巨炮，忽然觉得如鲠在喉——鲠在一个民族喉管里卡着它无法喘息。

一个旧时代总会用各种方式留给一个新时代一点令人凭吊的纪念。如史碑、典籍、陈迹等等。一个民族大凡自觉不自觉地善用一种陈列旧址的方式展示他们先人往昔的辉煌、独具的魅力。如长城、金字塔、埃非尔铁塔。而这口卡了壳的虎门巨炮展示的却是一种耻辱。展示旧时的光荣可以使明天再收获一份光荣，裸裎过去的耻辱倒可以防御新的耻辱卷土重来。承认耻辱是耻辱者对耻辱的一种反叛，承认软弱是软弱者丢弃软弱的一个发端。我忽觉那门卡壳的哑炮吼出了一个豁亮的哲言。

和那门大炮一箭之遥的是块墓地。1841年1月7日，两千多英军突袭虎门。沙角炮台七百多守军以酒祭地，对天盟誓，英勇抗敌，誓与阵地共存亡。最后弹尽粮绝，坚固的炮台和守兵们完整的躯体一同变成一堆碎末。战后人们在一片可怜焦土里找到了75具尸体，及瓦罐里盛敛的一些碎骨，合葬于山麓。后有匠人含泪凿石，镂石碑一块，上刻“节兵义坟”。不知是岁月剥蚀碑文残损了，还是有人戏改碑文，暗寓褒贬，我见到的“节兵义坟”这四字碑文已面目皆非了，成了“节乒乂坟”。“兵”字为何少了一点？“义”字缘何也少了一点？“节兵义坟”前三字皆用简化字，独那个“坟”字偏偏用的是繁体字。我琢磨多时，仍百思不得其解。访当地老人，寻根问底，众说纷纭。对“节乒义坟”四字的解释有一种倒颇耐人寻味。“兵”字缺了右边一点，是说当时阵地沦陷守兵少了一点；“义”字少了一点，是讥谕当时清政府对关边大事缺一点朝廷应尽的义；而那个“坟”字是最有讲头的。明眼人一看便可捕捉字面后面藏着的独具匠心：“坟”是愤字的近音，匠人在借字达意，暗说幽愤，隐约其辞，含沙射影，是对那场战事和那些无辜冤魂愤愤鸣不平，此“坟”字乃愤也。好妙的一个“坟”字，恰恰说明这是对朝廷和当局强烈不满，对边关将士一怀深情的一种机智的表露，是愤世嫉俗者被扭曲性格外在的呈露和巧用谐音反抗的艺术。

面对这块耸着“节乒义坟”碑的墓地，我盘桓长久，不舍离去。当年，那月下戍楼里的习武声和朱门沉沉按歌舞的击节声，那厩马嘶鸣弓折弦断的迸裂声和美人帐下舒软醉迷的呢喃声，那异域人从坚船利炮中飞射而来的弹丸尖厉声和七百将士激昂大义的仰天长啸，都化融在这片寂然无声的墓地中，只有缕缕荒草被风拨弄一支忧郁凄清的曲调，年复一年地对天空弹。只有寒蝉吟唱着一支悲怆苍凉的秋歌。只有多情的秋天把无情的早雾聚敛成一颗颗肥硕的露珠，项链一般串串挂在草颈上。

人生在世，百年之后，皆为枯骨，无贵无贱，非尊非卑。几代风流投于狐踪兔穴，多少豪杰付之东流，生者对死后事是始料不及的。想流芳百世的可能是过眼烟云，瞬间而过的会翻成历史永恒；池水之月在风摇撼时是一堆拢而不聚的碎影，当波涛一停仍是满眼明秀飞彩凝眸；“节乒义坟”碑下腐土里荒草间那堆碎骨，谁能辨清哪一具出身贫寒，或是富贵一生？哪一块是守卒的普通残骸，抑或是一代名将的嶙峋傲骨？但他们生前同为中华民族最优秀的人，与山河同在，与日月同辉。

悲壮的虎门埋藏着许多悲壮的故事。虎门炮台沦陷后，英军奸淫掠夺无所不为。虎门人怒目圆睁。一日，有消息说，海口泊两艘英舰。虎门人组成一支“敢死队”，烧！旋即，请战者揭竿而起，应者如云。老者蹈死不顾，留遗言给晚辈而目色不改。萧萧白发与寒光闪闪的刀剑交相生辉。年轻人赤胸裸背，歃血为盟，立誓执戈陷阵，战不旋踵。可矛盾出来了：“敢死队”只需100人，而报名请缨呼啸而至者骤达几百人。怎么办？带兵人在一座庙里从竹签筒中取出200支竹签，100支写“生”字，100支写“死”字。死生由命，去留凭天。只有抽到“死”签者才准赴战。但抽签结果，自报抽到“死”签的竟有130多人。是夜，天昏地暗，悲风嚎吼，在一片旷地，“敢死队”员们将滴过血的烈酒，一饮而尽，大有荆轲壮别易水之遗风。

“敢死队”出发了！没有一人回首。他们驾起火船悄悄靠上敌舰，顷刻间两艘敌舰葬身火海，可“敢死队”员生还者也寥寥无几……

在“节乒乂坟”碑上，我庄重地摆放一束带露的鲜花。我离开了虎门，可犹如花香离不开鲜花，我割不断对虎门的绵绵思绪……

选自《散文》1995年第8期

羊 妈 妈

心青书生

《白玉霜》里曾说："人总是有情感的动物，除非此人刚生下来良心便被狗吃了！"此话我很以为然。

小的时候，父母亲工作忙，无暇安顿我，便将我送回了老家。

约摸我快两岁的光景，祖父牵回了一只奶羊，然而这我已记不清了——仿佛她还没有稳重，蹦来跳去的，我常撵着要亲她，唉，我也记不清了，才两岁多。

从她来那天起，我和祖父每晚便喝她的乳汁，她并不见有什么怨言，只呆呆地站着，不知是否还想她的母亲。

白天，我便和祖父送她去山上吃草，常常是我坐在土坎上看着她吃，她吃得那么好，而且吃两口便看看我，从此，我们便亲昵万分了。

父母亲只每年除夕回来看我，尽管他们对我百般地亲抚——母亲看着我那农村娃的样子，还常暗自流泪。然而这并不使我伤心，因为我心里已有一个比她更亲的母亲——羊妈妈了。

我起初叫她羊妈妈，大约已三岁多了吧——我时常看见别的孩子和自己的母亲是那样地亲昵，于是死缠着祖母要妈妈，祖母无法，便说那奶羊是我的妈妈，起初我不愿叫，后来便当真了，于是名正言顺、无所顾忌地叫她"羊妈妈"了。

——也因为我走到哪里都这么叫她，叫出了名，人人都笑我，然而我并不知道人们莫名其妙的笑是冲我的。

四五岁时因祖父染病，慢性的，不能和我一同上山，事到了眼前，我便独自和羊妈妈一同上山了——她从不离我去远处吃草，我无味地用柴枝在地上刻画着自己的心灵，走时一唤她，她便飞似地来到了我眼前，还不断地舔我，我便亲她，并不异于对人。

终于羊妈妈也有了自己的骨肉，不几个月便出生了，我当时高兴极了，和祖父一起擦洗她的孩子，我总是爱抱小羊羔，爱恋她的白净与可爱。

然而不知哪日没了小羊羔，最后得知祖父将她卖了，我哭嚎半天，和祖父一两天没说话……羊妈妈被关在土房里“咩咩”地哭着……

快七岁了，父亲要带我进城与城里的孩子接触一下，准备上学，可我死也不愿去，躲在土房里抱着羊妈妈的头大哭了一通。直到上学一年多还是不能淡忘羊妈妈，想起便偷着哭半天，直至天旋地转。

八岁那年放寒假，我回老家看祖父、祖母还有羊妈妈。一进门，便不见了羊妈妈，原来祖父嫌她老，将她给卖了。我悲痛万分，当即便要去寻她回来，可祖父拉住我说早已让人宰了，我哽咽着不能哭出，几天不想吃饭……

虽今已二十几岁了，然而无法淡忘羊妈妈，她毕竟为我付出过乳汁，和我亲昵过，这在我心中是伟大的。写到这里，我为了控制眼眶中的湿物，还是停笔吧……

应该说，人不都是善的。

选自《散文》1996年第7期

流　霜

许俊文

我喜欢霜，是在霜从我的生活中消失了很久以后。那天夜里，当我隐约听见久违的寒雁凄厉的孤鸣，心中怦然一动，忆及许多和霜有关的往事。如今，隔着一段悠长的岁月，回眸那故时的霜景，觉得竟少了些肃杀之威，砭骨之寒，白濛濛、玉莹莹的一片缟素，像一首无韵的诗，一幅恬淡的画，令我心驰神往。

在我贮存无多的记忆里，霜总是和生活的艰难紧紧连在一起。幼时家境贫寒，常为衣食发愁。秋夜里，只要一听到大雁的叫声，母亲的脸上就会浮起一层愁云。“白雁已衔霜信过，青林闲送雨声来。”大雁嘎咕一叫，霜就随着到来了。在我的印象里，母亲最听不得雁叫，寒雁一叫，她就没有了睡眠，倚着床头轻轻叹息。尽管她的叹息声压得很低，但熟睡中的父亲还是感觉到了，他心事烦乱地翻着身，然后兀自坐在黑暗中，一口接着一口把烟锅抽得嗞嗞直响。母亲有些于心不忍，悄悄掀开草帘的一角，朝窗外看了看，外边黑得像一口枯井。她缩回了身子，温温地说，再眯瞪一会儿，到时辰我叫你。嗯。父亲模糊地应着，然而他还是摸黑下了床。不一会儿，院子里便响起嚓嚓的磨镰声。这时，母亲摸索着燃起油灯，从油漆斑驳的柜子里翻出一件破旧的棉衣，借着微弱的光亮，一针一线地缝补着。

好静好长的“白露为霜”之夜哟，父亲嚓嚓的磨镰声总是在寅时响起，母亲昏黄的小油灯总是伴着一声声无奈的叹息，那过客似的雁声总是轮番给我的梦投下一片片阴影。

忽一夜，诉愁的雁声突然消失了，我蜷曲在土炕上，像遗失了一件无法找回的东西似的，心中空茫得发虚。一觉醒来，但见母亲的小油灯依然亮着，而疲惫的母亲却靠着床头已打起了微鼾，长长的麻线仍缠绕在手上。在她的枕边，摆着几双新做的棉鞋和几顶红色绒帽。绒帽是带有焐耳的那一种，想必是父亲卖山草为他的儿女买回的。我悄悄地从被窝里抽出一只手，抓一顶扣在头上，一种少有的激动折磨着我脆弱、敏感的神经，使我第一回拥有了对失眠的记忆。许多年以后，当我的生命里出现越来越多的失眠时，而没有哪一次失眠能像人生的第一次失眠那样，给我留下如此刻骨铭心的印象。

漫漫秋夜长

草木摇落露为霜

万籁俱寂的寒夜里，一缕游丝般的鸡鸣起自远处，亦逝之远处，然而母亲还是听得十分真切，她轻轻掀起窗上的草帘，一股寒光注满了屋子，那光白中泛青，像是从刀刃上发出的，自然有了某种逼人的硬度。月亮好亮啊！我意识模糊的咕哝了一声。母亲没有理会我，她垂手立在窗前，好像在埋怨谁，又好像是自责，这浓的霜，怎么就穿一双草鞋呢？我猛然想起梦中的磨镰声，想起踏霜进山的父亲，在这霜天霜地里，他手中挥舞的那柄草镰不知此时响在哪一个山坡？

草帘垂落，屋子里复归于黑暗，老鼠在堆满杂物的角落里磨着牙齿，野猫爬上屋脊一声声呼唤着它的情侣。艾蒿的苦香和烟气从灶膛里窜出来，在老屋里四处弥漫。那是母亲在为她的儿女准备早餐。此时，我小小的心里，盛满了说不清是贫寒的温馨，还是温馨的贫寒，仿佛有一簇红罂粟般的烛焰投射在冰块上，有一种凄凉的暖意在我的心中摇曳，并将我的身心紧紧地包裹着。这种来自阴阳两极的气息，在我的身上悄悄地融合，调和出一种平实、恬淡的品性，使我在日后漫长的人生之旅中，含辛而不觉其苦，啖饴犹思世道之艰。

如果说少年时的我对霜的感知还多少带有一些朦胧意味，那么年龄稍长之后，经历了几番寒霜的沐浴，使我多少能够品出人生的一些复杂的滋味。

一位作家曾这样写道："散文的根散布在乡间，在喜爱星月苍穹的孩子身上留下影与响。中国散文必定散布黄土地味道。中国乡间更适合散文的长进。"这话一点都不错。透过岁月樊篱疏密不匀的孔隙，二十五年前散落于山丘毛道两旁的寒霜，如今偶然回眸凝望，却是一篇韵味悠长、情致澹然的好散文。

那条布着霜痕的毛道，从我的豆村通往二十里外的一座古镇去，我在这条毛道上整整走了五年时间。关于这条毛道的许多际遇和感触，大都已被岁月的积尘深深地掩埋了，唯独那银霜，至今依然如处女一般留在我的记忆里。

这多少还是与贫寒的家境有关。如果当时能掏得起两毛钱，我是可以赶早班汽车去古镇上学的，那么也就没有今天这份对霜的情怀了。从这一点上讲，贫穷往往使生命能够更加贴近自然，感受自然，摄取自然之灵气。

在踏霜早行的日子里，母亲总是鸡叫头遍起身弄炊，鸡叫二遍的时候，空寂的毛道上便响起了我赶路的脚步声。在黎明前的时分里，气温降至冰点，草木上的夜露凝成白色的微粒，是为霜。脚板踩在纷披于毛道的衰草上，像涂了一层油似的打滑，走不出多远，寒霜便濡湿了布鞋和裤管。霜重的早晨，穹苍显得格外的素净，高远，宝蓝的天庭上还会偶尔闪现一道明黄的光亮。那是霜闪。上年纪的人把这种黄闪称作霜鞭子，是严厉的霜婆发威时使出的杀手锏，它的出现对人带有某种警示意味。俗话说，“霜鞭子抽头，冻死当家大牯牛。”乡里人若是在霜天见了这种黄闪，定会悄悄地拔下几根头发充作牛毛弃置道旁，据说即可禳祸消灾。那是吃大锅饭的年代，我家无牯牛可死，当下心里十分坦然。

一个人踏霜而行，呼吸着芒刺般冷凝的空气，心是异常明净的。此时，天上银河一抹，七星低垂，一如贫妇的霜月纤纤瘦瘦，不知是操劳过度，还是愁绪萦怀，它没有夏月的润朗，秋月的圆融，刚走出地平线就衰老了，单薄的身影使人担心它能否走完这铺满寒霜的旅程。霜月仿佛并不介意自己衰微的生命，它将仅有的一点毫光投洒在我的身上，而且丝毫没有希图报答之意。这纤瘦、衰微的月儿，多像我那“白发望霜天”的慈母，她总是在每一个寒彻的霜晨默默地为我弄炊，默默地把家中最好的食物装进我的饭囊，然后默默地把我送到村外，默默地立在霜痕斑驳的石桥上，如一尊历尽沧桑的雕像，目送着我踏着那条通往古镇、通往希望所在的毛道……

有一天，我顶着纤瘦的霜月，走过溜滑的霜桥，踏着寒霜闪烁的毛道走向梦幻般的远方。此一去行踪飘忽，山高水远，故乡遂成了梦中的幻影；此一去所求多多，所得了了，每一步都走得十分沉重，走得十分艰难，一种欲行而关山重重，欲止而心犹未甘的矛盾心理使我左右顾盼，去回彷徨。这时，我望一眼苍穹的霜月，闻几声远山的寒樵，胸中便袭来一股温温的情愫。

……也许我的寻觅，一无所获，也许我的期冀无法捕捉，但是，我不能停下越走越沉的脚步，尽管我的身后没有鞭子，然而“心懔懔以怀霜”的感觉始终不曾离开我。

只有孜孜地追寻。

背负着纤纤霜月，聆听着悠悠樵声……

选自《散文》1996年第11期

生日快乐，妈妈！

[菲律宾]林婷婷

妈妈，今天是您的生日，我要用七十四根蜡烛来点亮您七十四个历尽风霜泪水过滤而呈现光辉的年华。

我要亲一亲您的面颊，吻去那不知掩盖了多少层的千行泪痕，在那已被时光辗去了青春光泽的脸上。

我要用一把最细软的梳子，来梳亮您那一头斑白的头发，是被岁月辛劳所渲染的华发。

我要用手掌心最细润的部分，来抚平您满额的皱纹，您熬过多少忧患遗留下来的标志。

我要为您那传神的眼睛配戴一副最别致的金丝边眼镜，来弥补那曾日夜依门望闾而老花了的眼。

我要为您弹奏您最喜欢的江南游主题曲，愉悦那以半生的耐心听我细诉而今已失灵的听觉。

我要用一串乳白的真珠挂在您的颈项，来点缀您下巴以下松弛了的皮肤，那几条因整日低头弯腰操作家务，因在微弱的灯光下为我缝补衣裳而成的纹痕。

我要伏在您的胸前，在那温馨无比的怀抱中细听那已缓慢下来的心跳，发自那负荷着一生辛酸劳苦的心脏。

我要挽着您那衰老而微微颤抖的手，与您漫步在花园，在海滨。是这双手曾轻摇我入梦，切菜弄羹肴喂我吃饭，为我洗涤衣物，在我每一次的病中，一次又一次地试探我的体温。

妈妈，您给我的实在太多太多，而我能给您的竟是这么少这么少。

妈妈，我一直是攀附在您生命树上的藤蔓，您爱我过于爱自己的生命。您无微不至的母爱，在每一声细心的叮咛，在每一下轻柔的爱抚中，是那么真挚，那么自然，完完全全地奉献出来。即使是您的笑容，那永远没有气、没有怨、没有恨的，慈祥的笑容，也给了我多少爱和做人的启示。

如果我能拥有一颗高洁的灵魂，那该是来自您清尚人格的感染，“出污泥而一尘不染”，“穷身而不穷志”都是您传家的座右铭。勤俭朴实的生活，对朋友重信义，外柔内刚的个性，为一个“理”，坚持一个原则而不屈服的倔强，宁愿苦自己而不求于人的傲慢，这些都是您以身作则的教诲。

妈妈，您是这世界上唯一知道我种种缺点却仍然无条件地，那么深地爱我，珍惜我的人！您温馨的亲情，沐浴着我的生命，您炽热的爱心，鼓舞着我前进。您不变的慈爱，更如春风般滋润了我的心。尽管无情的岁月在您脸上留下令人惋惜的痕迹，但在我的心目中，它只有把您刻画得更真实，更完美！

妈妈，您不会寂寞的，有我永随您身旁。不必再烦恼，我已能为您分劳解忧。不要顾虑软弱的双腿是否经得起旅途的跋涉，因我会搀扶着您。如果您的生命中有任何的遗憾，请不必痛心，只要我们之中有人不辜负您的教诲，只要我们之中有人能把从您那儿得来的爱，分享给周围的人，您的生命也将因此而得以安慰。不要叹气，妈妈，您不是走往旅程的终站，您是站在走向更充实更永恒生命的起点。

妈妈，我没有为您预备一份生日礼物，因为任何有形的东西都不足以报答您所给我的一切，也不能完完全全地表达我对您的敬爱。我只要在上帝面前，为曾许下的心愿再一次虔诚地祷告：

一愿，妈妈福如东海，寿比南山，让我们永远承欢膝下。

二愿，世俗所有的忧伤、失意、烦恼远离您，所有肉体衰退的苦楚不会击败您。

三愿，宇宙的阳光，灿烂的彩虹，绚丽的云霞，每一瓣花的清香，每一条溪涧清澈的流水，都属于您！

妈妈，当儿孙们围绕您膝下，您将在他们欣喜鼓舞的歌声中，欢度您第七十四个光辉美丽生辰！

选自《散文》1997年第1期

我的“小鸟”

[韩国]金贤淑

我的面前跳着一只小鸟，它使我想起了十多年前的一件事。

我小时候很喜欢表哥，他常常来我家玩。有一天，他带来了一只可爱的“小鸟”，它的小脑袋圆圆的，身子是黄黄的，不停地叫着，真可爱。表哥告诉我这小鸟长大以后全变成公鸡。可当时我不敢相信，这么可爱的小鸟怎么会变成那么凶的公鸡呢？可后来我知道它真的是一只鸡，因为它开始一点点变大了，变白了。它那可爱的黄毛都哪儿去了？我觉得又神奇又可惜。

可我还是喜欢那只“小鸟”，一放学回家就逗它玩。它变大了可我还是叫它小鸟。

有一天放学回家，我的小鸟不见了，我问妈妈，她说：“爸爸把它带朋友家去了。”我想：“爸爸带去干吗？”原来我的好爸爸把它高高兴兴地吃了，我心里很难过，哭了一整天。我爸爸说：“要不要一只小狗？”我说：“不要！”因为我知道等它长大以后爸爸肯定会高高兴兴地把它又吃掉。可爸爸还是买了一只小狗，但不久我把那小狗送给别人了，因为我怕有一天它变成一道菜，被端到我们的餐桌上。

选自《散文》1997年第1期

灞水上，折柳桥……

曾湘文

“白头临灞水，心绪万千条。雨过平沙岸，春归折柳桥。……”哪个朝代的诗？想也想不起来了。

灞水上，折柳桥，是诗意的灞桥。

向东，向东，从西安市向东。

一路槐树。槐树是西安市的市树。周柏，唐槐，宋梅。唐朝的都城有名，唐朝都城的槐树也有名。

年老的槐树，年轻的槐树，连天接地。

唯独灞桥一带，无槐，有柳。柳丝纷披，青青一笼烟，灞桥浸在青色里。

“昔我往矣，杨柳依依”，翻动《诗经》，不见灞桥，但见折柳赠别的习俗。丝丝柳，痴痴留。

灞桥折柳！灞桥伤别！却原来，灞桥这么朴素。石板平铺，不太长，也不太宽。只是，秦始皇走过，刘邦走过，项羽走过……武赳赳，不折柳。

灞桥上，开始折柳的，应该是唐朝的人，唐朝的人，在这里设立了驿站。亲情爱情友情，几人能够大割大舍大离大弃大解脱？

灞桥，灞柳，见识过多少行人，还记得，谁哭得最潮湿？

古桥犹在，古柳犹在，古人呢？古人今人，共桥，共柳。

怕，怕上灞桥。一上灞桥，就会陷入懵懵的思念，思念一个朋友，一个也许永远无缘重逢，也许重逢已经衰老的朋友。当年少小离家，云山苍茫，那朋友，一程一程送行。桥上，肩并肩，走过去又走过来，走过来又走过去。秋风清凉，离去不是离去，归来不是归来！哦，湘江桥，不是灞桥。

一样别离一样苦，岂止灞桥？何须折柳？

秦汉风，隋唐雨。灞水浩浩流，流不断，历历柳的影。

漫天，柳絮纷扬，似雪。

“一头绒绒白，白了青春！”一句话，好苍凉。

灞桥，灞水，离离柳。不堪回首，回首伤神！

选自《散文》1997年第5期

为徐迟送行

羊　翚

别惊醒他，医生！

他已入梦。

他在世界上一直不停脚地走——一分钟以前，突然疲惫倒下了！

他在梦中还在继续跋涉——

他乘坐越野汽车，随同一些专家考察乌江流域，行进在崎岖的山道上；

他跨上了三峡悬索桥，在滚滚的激流上，把中堡岛搁在自己的心上，在那里留下深深的脚印；

南海油田，也在等待他，太平洋上辉煌壮丽的落日在迎接他。

他要赶路……

别伤心，亲人们！

他爱你们，也为你们所爱。他享有了爱。

伊甸园中的果子：酸的、甜的、苦的，他都尝过了。

他走了许多路，过了许多桥，进入许多芬芳的花园；他也拥有自己的花园，种了许多果树。

在有限的时空里，他做了自己能做的一切。

他把一生的心血储存在软盘上，叹了一口气说："不过一只骨灰盒的大小而已！”

他走了。

花圈留不住美人的红颜；挽歌也不能把诗人唤醒。

世界上的喧哗：赞歌和哀乐，他再也不闻不问。

别了！他开始了无始无终的旅行……

别难过，朋友们！

我们这里是悲哀的离别；在另一个世界里，却是永恒的聚会。

他和曹禺连袂走了，赴“世纪末的约会”去了。

世界上，有许多朋友在等待他。

戴望舒在咖啡馆里久候，马思聪将再次为他弹琴。“今夜宿谁家”呵？是去茨威格那里作客，还是找海明威谈心？

欢迎他的，还有波德莱尔、兰波、艾略特、庞德……许许多多尚未见过面的不同世纪的友人。

何处把他追寻？

“紫宫肃肃，太微阒阒，星团茫茫，银河荡荡。”他已化为诗的精灵，遨游太空，无影无踪，无古无今。观“宇宙之创生兮”，睹“众星系之形成”，乃至“演化出生命与万物之灵”。“物质不灭，至以永恒。”……

他进入了无限瑰丽的梦境。

我为诗人送行，辞曰：

美哉诗人，歌时代以名世；

呜呼徐迟，颂宇宙而永生！

选自《散文》1997年第6期

银杏丫杈

焦正安

我去接上小学一年级的女儿。早了几分钟，便和学校门口那伸向我的银杏丫杈交谈起来。

我说："老兄，做人就要像树干、树头，顶天立地。你真差劲，被挤到旁边来了，总是弯着腰。"银杏丫杈对我说："老弟，树干、树头只能有一个。我何必非要去争、去挤呢。我不可以另辟蹊径？我终年弯着腰，我始终抬着头。我也顶一片天，和树头上的一样蓝。我也遮一片地，和树头下的一样荫凉。"

"爸爸！"女儿寒凝叫我了。

选自《散文》1997年第9期

捕 鱼 人

田 野

又是一个早晨。

又是一叶孤舟。

为了追赶那飘忽不定的鱼群，在这四顾茫茫的海面，他们——三位捕鱼人，已经两天两夜没有合眼了！

一个个，其面容犹如古代苦行的修士；而好胜的心，却比赌徒还更加固执。

六月天气热。连风，也好像是从火焰山上吹来的。

口干舌燥，浑身汗湿。就是爱说爱闹的小伙子，现在也沉默得像石头了。

只有那不甘寂寞的船老大，在这不是唱歌的地方，更不是唱歌的时候，他忽然开口，唱起来了：

哎！——
天连水来水连天
望远镜
也望不到个边边……

嗓子低沉，音调徐缓。在这空旷的大海上，仿佛来自很远很远。而听见，又令人觉得，这日子似乎很长很长。

分坐在船舷两旁的两个年轻人，抬起头来，看了看天，天是蓝的；又低下头来，看了看水，水也是蓝的——蓝得叫人无可奈何地忧郁！

他又接着唱了下去：

哎！——

风里行来浪里赶

生和死啊

只隔着一块木板板……

船老大突然提高了嗓门：

“伙计，莫打瞌睡啊！小心掉下海去喂了鱼……”

说着，他悄悄把舵猛力一扳，那船，果然倾侧了。两位心不在焉的小伙子，连忙各自抓住船舷，并且惊呼起来……

但船，很快地又摆正了。

“哈哈！我说嘛，这不是差点就掉下海去啦！”

“穷开心！”肥仔连头也懒得回地嘀咕了一句。然后，他慢慢站了起来，在原地活动了一下四肢，于是，又一屁股跌坐在滚烫的甲板上了。

一切又复归于沉默。

船，单调地在单调的长天和单调的大海之间航行，好像已经过了一个世纪。

船老大，毕竟是很有经验的。行行复行行，他已经开始嗅出了那越来越浓的鱼腥气了。

他把声音放得很低很低：

“注意！注意……”

好像生怕惊走了鱼群似的：

“……快要咬住它们的尾巴了！”

两个小伙子，条件反射地跳了起来。

“坐下！”他忽然生气了。

“火烧着屁股啦？……坐下！别挡住我视线。”那两位只好又乖乖地坐了下来。

“伙计，光有一双眼睛不行，还要学会用鼻子啊！”

他一本正经地作了个“示范动作”：鼻子呼呼有声，表情变幻莫测：

“嘿嘿！八十三万人马下江南——还不少哩！”小伙子们的兴趣也来了，学着船老大的样儿，鼻子越呼越响，他们似乎也嗅出了点不同寻常的味道。

肥仔说：“是好香！加点作料，就像红烧全鱼了！”

小胡子却皱着眉头：“见鬼！我闻到了一股汗气，直冲鼻孔……”

三个人都不觉哈哈大笑起来。

船老大忽然又变得严肃了，一字一句道：

“是啊！没有汗气，哪来的香气啊！……我们又不是姜子牙钓鱼……你们从小就听过‘望夫石’的故事吧？沿海一带，哪个渔村又找不到活生生的‘望夫石’？”

他把手一挥：“还是言归正传吧：准备——下网！”

这时，不知从什么地方忽然飞来了一只白色的水鸟，由远而近，由高而低……

接着，又是一只，又是一只。

无数只小鸟，在船行的前方，汇合了！

它们在天空和海面之间，回旋，穿飞，欢叫。

在一片鸟的喧哗之中，海活了，天活了。

现在，就是肉眼也可以遥望到那黑压压的鱼群了。它们无声地游着，滚滚向前，犹如太平洋上南下的一股“黑潮”。

然而，它们的鳞片又是银灰色的，在强烈阳光的映照下，闪闪烁烁，又多么像那传说中的巨龙啊！

两个小伙子，看得眼花缭乱，心痒难熬。他们一齐把脑袋转了过来，朝着船老大，傻呼呼的直笑。

“怎么？哑了！……”

肥仔用手指了一指：“鱼！”声音很低。

他装着没有听清楚：“什么？……”

“鱼！——鱼！——鱼！”两张嘴巴，一齐喊了起来。

“喊个屁！”

他把舵猛地一扳，船身打横：“下网！”

他比那两个小伙子加起来的音量，还要喊得更响。

此时此刻，在捕鱼人的心目中，那蓝色的天，那蓝色的海，似乎都已失去了存在。

只有鱼！只有鱼！只有这曾经为之苦苦追赶了两天两夜，而现在终于短兵相接了的鱼！

拖网，沉重得犹如一座冰山，吃力地被拉出了水面。两个小伙子，手脚并用，结实的身体，弯曲得像两张弓。

每一个网眼里，都嵌满了活蹦乱跳的鱼。甲板上像下雨，散落着闪光的鳞片和闪光的水滴。两个小伙子，急急忙忙地把捕获的鱼群，倒进越来越窄的船舱；然后，又把空了的拖网，像扇一样急急忙忙地投下海去。

水面上，庞大的受惊的鱼群，互相脱离，又互相拥挤。船底和船舷，被不断地撞击得“砰砰……”直响。它们挣扎着，一条接着一条地跃出水面，有的甚至跌落在甲板上了，仍然不停地在蹦跳着，蹦跳着……

船，越来越沉了。

当最后一网鱼倾倒进舱的时候，吃水线已达到最高刻度。

“有什么办法呢？”老头子不无遗憾地叹道：“看来，明年真该造条大船了！”

干得眼红的两个小伙子，正要举起空网，往海里投放，突然听见一声断喝：

“放下！……准备关舱！”

“你没看见，鱼还多着呢！……”

老头子下命令了：

“关舱！——听见没有？聋子！”

两个年轻人，走到堆舱板的地方，一人抬着一头，喊了一声“起！”——奇怪！怎么变得这么重了？甲板很滑，肥仔脚下一溜，不小心摔了个跟斗！

舱板落盖之后，又蒙上帆布，又系好麻绳。两个小伙子，就像电影里的机器人一样，毫无表情地做完了这一道道工序。

这时，也只有在这时，他们才似乎突然记起了，已经两天两夜没有睡觉。于是，他们也就突然感到了：自己是多么劳累，多么困倦，多么需要休息！

什么话也没有说。倒像是老头子发了命令似的，两位精疲力尽的年轻人，在甲板上选了处太阳晒不到的地方，直挺挺地倒下，很快就都睡着了。

风平浪静，大海犹如摇篮。

他们睡得那么沉，即使把凉水洒在脸上，也别想把他们弄醒。

然而，更为幸福的，也许还是那位面带微笑的老人——

他优雅地扶着舵把，在温柔的夕阳下，独自欣赏着这美丽的海上的黄昏。

选自《散文》1997年第8期

橘子与毛衣

程永健

我八岁时，父亲病逝了。母亲在一家小商店里当职工，工资微薄，拉扯着我和姐姐过日子。我生病住院，母亲总是下班后，匆匆赶来医院陪伴我，一边做着布鞋。

一个黄昏，我走到医院的门口，等候着母亲的到来。那正是金橘上市的季节。恰巧，橘子是我特别喜爱的水果。但是，像我这样的家庭，生活拮据，橘子当然是可望不可即的奢侈品。寡母收入菲薄，供我读书，住院看病又花费了不少钱。购买日常食品也愈来愈困难，更别提橘子之类的水果了。

突然，一块橘皮不知从哪里落下来，我茫然地盯住这片橘皮，想象着这水果到底是什么样的滋味。我再也抵挡不住那种诱惑，趁人不注意时，拾起那块橘皮，放在鼻子下面吮吸着那令人心醉的芬芳。在梦中，我好像在吃着一只又一只橘子。

我被一阵呜咽声惊醒了。朦胧的灯光里，母亲正坐在我的床上，背对着我，她的手里紧紧地攥着那块橘皮。当时，我还不明白她为什么啜泣，我把自己的小脸紧紧地贴在她的背脊上。她一下子惊起来，急忙擦干了双眼，转过身来，有力地搂住我。我抬起头来，看见她微笑着，两只眼睛依然红肿着，这是种虚弱的、苍白的笑容，不知为什么，我再也忍不住自己的眼泪，号啕大哭起来。

母亲弯下腰来，脸贴着我的头，温柔地说："不要哭，孩子，妈妈要给你买些橘子。"说完，她就走了。

过了好长一段时间，母亲回来了，她真的提着满满的一篮子橘子。

母亲靠在床上。当我动手把那些鲜艳的金橘整齐地码在枕头边时，她静静地观察着。我抚摸那些金子般的橘子，忘记了所有的一切，甚至没有觉察到母亲是什么时候离去的。隔壁病床的大娘正斜眼看我，轻声地对她的儿子说："他的母亲用她的毛线衣才换了一篮子金橘。为了孩子，当母亲的什么都可以舍去……"

橘子？毛衣？我母亲的毛线衣，刹那间，我仿佛看到了母亲那苦涩的微笑和虚弱的身体……

选自《散文》1998年第2期

陌生的，是心灵

张亚凌

那次外出，实在太困了。

唉，出门原本就是找罪受。一边给自己宽着心，我又睡了过去。

再次醒来时，我心头立刻涌起的，是一种强烈的被侮辱的感觉，头枕的，竟是那男的从我身后绕过去搭在车窗上的胳膊！

“拿开！”我想都没想一下，瞪了他一眼。他居然还笑了笑，像什么都没发生般，自自然然地收回了手臂。一个女孩家出门，有时还得委屈求全。瞧他那模样，气得我只能咬紧牙再狠狠瞪他几眼。

“你为啥不能把我看作你的一位亲人？像父亲，——我至少大你两轮呀！”他竟这般开了口，“你看，那么大的世界，这么小的车，聚在一块都是缘分，你不这么想？”

哦？我从未这样想过呀？孩提时大人的屡屡告诫，成人后朋友的愤然述说——我时时处处都在接受着防范陌生人的强化训练：一定不能和陌生人攀谈，他们绝不啻于洪水猛兽！

为了保护我们自己，我们宁愿轻率地判断陌生人的言语举动别有用心而不愿轻易地将他们相信，一贯如此，从不例外！

时至今日，我常想起那位陌生人，想起他便有种“以小人心度君子腹”的愧疚感：在别人眼里，我们不也是不折不扣的陌生人？陌生得足以让他们设立道道防线！

也许，生活里，陌生的，不仅仅是一副面孔！

选自《散文》1998年第3期

瞬　间

郭翠华

乡村小路

走进那条乡村小路，纯属一种偶然。

那条光洁的土路，就像一本发黄的古书散发着久远的清香；路旁是旁逸斜出的古柳，很粗的干上，凸凹着不知哪个时代的疤痕；柳条如长发一样柔顺，从稀疏的柳叶中筛漏出碎玉般的月光，那月犹如古代的仕女，半遮半掩的，盘着高高的云髻，额贴花黄，婀娜多姿，委实的飘逸。这是一幅被都市遗漏的古代水墨画，在那种与生俱来的自然的气质中蕴含了无穷的韵味。才明白了为什么现在的人再也写不出唐诗宋词那般意境的清秀文辞，毕竟是物换境迁。山不是昨日的山，水也不是昨日的水，又何来那番感受呢。

想起一位醉酒的朋友在马路上说，不要拉我，就让我骑着这毛驴自个儿晃悠。我那时顺着他的目光竟然看到的全是古代诗词中的意境：小桥流水人家；牧童遥指的杏花村。我甚至闻到了从袅袅的炊烟中送来的鸡黍香。其实，那时一辆接一辆冒着废气的汽车正呼呼地打我们身边窜来窜去的，不远处一个警察正瞄着我们呢。

一条新开辟的环城公路淹没了她，我甚至来不及带我的女儿去领略一下那点仅存的古诗词中的意境，在怅惘之中，我感到心中很美好的那一点东西，化作了一缕云烟，已远远地去了。

栀子花

不知道三十多年前的夏夜是否真的不曾燥热过，反正那些夜晚在我的记忆中很清凉，风也是。那时只要是晴朗的夏夜，我们各家都要搬了床睡在瓦蓝色的夜幕下，夜幕下的星群与我们为伍为伴，大人们的故事古老绵长，总让我们不知不觉沉入梦乡。邻居院子里栀子花香气弥漫了我的夏季。

我那时是一个梳了长辫子的小女孩，邻居一个叫小弟的男孩常常带着我拎着一篮子栀子花坐在电影院的门口卖花。那些桅子花闲闲地躺在花篮里，而我们几个孩子则无忧无虑地玩耍着，直到电影散场，我们才拎着空了的篮子回家。花是不觉中卖掉的，那时钱在我们孩子的眼里是没有分量的，有分量的是赞许的目光，是邻居大妈欣喜的夸奖和她送给我的那几朵格外香的栀子花。

后来，我们举家迁徙，再也没有见到小弟，也没见到邻居大妈，但那一树灿然的桅子花却植根在我童年的记忆中了。

玻璃糖纸

春节前，我被花花绿绿的糖果吸引了。我并不关心那些糖果的味道如何，在若真若假的恍惚中，我看见那些糖纸儿像一群鲜艳的蝴蝶向我飞来，那些振羽飞翔着的透明的翅膀发出呼啦啦的响声真是好听极了。

那是个没有月光的夜晚，一个刚刚四岁的小女孩独自走出了家门，她被邻居大姐姐那只用玻璃纸做的蝴蝶迷住了，她要去找那种玻璃糖纸，她也想有一只美丽的蝴蝶。她低着头，沿着马路细细地找，不知走过了多少棵树，直到灯火通明的商场，她终于看到了那种玻璃纸包着的糖果，可她口袋里没有钱。她继续找，终于找到了一张扔在墙角的玻璃糖纸。她清楚地记得那种呼啦啦作响的糖纸摆在手里的感觉是那样的快乐，为了那张糖纸，她差点迷路了，她记得是祖母把她抱回家的。

后来，我就会折蝴蝶了。那亮晶晶的彩色的玻璃糖纸叠出的蝴蝶结可以扎在头发上，也可以挂在窗户上，在我幼小的心灵中，它成了触手可及的美。

然而，那时不到过年，我们是吃不着那种包了纸的糖的，玻璃糖纸是我们小时候很珍贵的收藏物。

把揉皱的玻璃糖纸放在热水里泡软了洗净再贴在玻璃上，干了，那些糖纸儿就会轻轻柔柔地很飘逸地飞起来，那时候，女孩子唯一的炫耀就是在同学来家里玩的时候，拿出一本厚厚的本子，然后一页一页地翻开来，那些玻璃糖纸就像长发被风吹起来一样柔顺怡人。

野　菜

阳春三月，当农妇拎着装满了野菜的篮子朝市场走去的时候，我的目光就会越过都市去了田野。褪尽了冬装的田野在暖洋洋的阳光下。该是一片生机勃勃的绿了，不知名的野花和野草铺满了田埂和野地，那绽露出星星点点的如碎白玉般的小花是荠菜；那肥嘟嘟的一簇簇的油绿是马兰头。

年少的时代，我曾在春天和同学相约了去郊区农村挖过野菜。我们欢呼着、雀跃着、抢着、闹着，时间是不知不觉过去的，而篮子中的野菜不过是盖了个底。那时生活在我们的心里如春光般的明媚，我们由着自己的性情春风般舒展着，真恨不能把自己揉进大自然的怀抱玩个够，这种感觉在若干年之后的某一天突然从我心中惊醒的时候，我已不再年轻了。

刚上大学的那年春天，心中突然涌起温馨的记忆，就带了一帮女同学去依山傍水的校园挖野菜。不一会儿，我们就挖了许多，很快就做成了盘中的菜，其它班的女生都来抢着吃，可我的心里却空空的，那种似曾相识的少女时代的纯真、快乐再也找不回来了。

那天中午，我在餐桌上突然吃到了一种清香可口的菜，母亲告诉我是马兰头。一种久违的情愫又回到了我的心中，让女儿也尝了些，问她是什么滋味，女儿淡然的表情让我很失望，想想也是，就像蚕吃桑叶一样，我们的城市在扩展中吞没了乡村，而田园风光已从光怪陆离的城市生活中消失殆尽了，况乎我这个整天埋在书本堆里抬不起头来的小女儿呢。

选自《散文》1998 年第 4 期

采 蜂 记

刘向东

蜂，尤其是蜜蜂，总是深深吸引着诗人。爱尔兰诗人叶芝写道：

我就要动身走了，去茵纳斯弗利岛
搭起一个小窝棚，筑起篱笆墙
支起九行云豆架，一排蜜蜂巢
独个儿住着，荫下听蜂群歌唱

而在美国女诗人狄金森的诗中，就到处都有嗡嘤之声了，就连她忘情地描述她梦中的大草原时，也忘不了来这么一笔：要有一只蜂，一只蜜蜂……

特别感动了我的是俄国诗人莱蒙托夫的与蜜蜂有关的两行诗：

让我尝一口蜜吧，
让我尝一口蜜，我宁愿去死！

诗是写给一个困苦中的小男孩儿的。一个苦孩子，巴望一口蜜的苦孩子。

而我觉着，这诗又是同时写给我的。

小时候，我也曾是那样地想尝一口蜜。

我不敢说我自己是苦孩子出身。要说苦，那是一代、又一代人共同的事。来这世上的人，谁是掉在蜜罐儿里的？

在我的故乡，整个村子只有四个人家后院里有蜂房。那是用空心椴木做成的，一搂粗，五尺高，如小小佛塔。底部有个或圆或方的小孔，供蜜蜂们出入；上头，用黄麦草扎个顶子。至于蜂房内部结构，我无从知晓。养蜂人家一般不让你靠近，怕你挨蜇，怕蜂受惊，怕生人带去怪味儿。待到人家割蜜时，你就更不能靠近，万一流出口水来，人家又真的给你一口蜜，你这一辈子的出息就全都搭在里边了。

起先我并不知道为什么管采蜜叫“割”，想来割是有取舍的意思，要给蜂们留下口粮吧。

有人家割蜜之时，半大孩子老远张望。老远望去，揭开蜂房的顶子，里边像是用木条钉的十字架。

春暖花开的时候，偶尔有一群蜜蜂从蜂房中逃离出来，或是有整窝的蜂背叛了主人，纷纷飞到树上。这时人们就乐了，忙着采蜂。有蜜的人家，往草帽上抹蜜，没蜜的人家，喷一点糖水，然后就一手托着草帽，一手拿着新笤帚往草帽里扫。谁家扫着蜂王了，算是有养蜂的命，他家的孩子，来年就可能有机会尝一口蜜了。

有一年春，我和我爷爷在老南沟森林里发现一窝蜂，也是在一个老椴树根部，蜂们出出进进，一片繁忙。观察了好几次，看它们很像蜜蜂，又全都带着蜜味儿，以为是野蜜蜂呢。

为了一口蜜，我和我爷爷苦苦等了两个花季。

苦苦地等。等，其实还不是最苦的。最苦的是守着那个秘密，守着那个很想对人说出但无论如何又不能说出的秘密。

终于可以去割蜜了。“一定要把蜜蜂也采回来！”我对爷爷说。

悄悄地备下一个蜂房之后，我爷爷带上铁镐、木桶、斧头和松明出发了，当然，还有草帽儿。

去了大半夜，我爷爷两手空空地回来了。原来那不是蜜蜂，是一种土蜂。

就在这年秋，我们家特意买了一小瓶蜜，尽管，那是兑了一多半米汤的被称作蜜的东西。

在我的这篇小文中，我无法描述采蜂的乐趣，是因为事非亲躬。我实在想说出我对甜蜜的理解——

甜蜜无所不在，但
人们很少能够得到甜蜜
因为命运只把它
赐予理解它的人……

说出了要说的话，我突然又想起我曾经望见的那些蜂房中的“十字架”来，我感觉那是些意味深长的东西。一查书本，蜜蜂果然非凡。传说，它们最初是在天堂，是以“上帝的小仆人”而著称的。在佛教徒聚集地，人众至今被比喻作蜂群，佛塔呢，又叫“蜂台”。

选自《散文》1998 年第 6 期

母 亲 桥

刘桂瑶

那年初春的一个早晨，当我起床时，已经来不及从从容容地走大路上学，我气急败坏地抄近路赶往学校。河上的冰看上去还没融化，我三步并作两步冲上冰面。刚刚走到河中央，“扑哧”一声，一处冰面塌落了，我的两条腿踏进了冷彻骨髓的河水里。

教室供暖不足，平常就十分阴冷。我穿着湿透的棉裤坐在椅子上，全身仿佛都麻木了，我沉默地挺着，脸和唇都变成了青紫色。

中午回到家，母亲很惊讶，却什么也没问，只是让我围着被褥坐在烧得热热的炕头上暖和，她蹲在火炉前为我烘烤棉裤。炉火灼灼，不时爆出些响声来，而母亲却始终一言不发。当母亲把烘干的棉裤交给我时，眼圈有些红肿，不知是被炉火烤的，还是刚刚哭过。

那以后，有一两个月我没抄近路去上学。日子一天天过去，高考迫在眉睫。有一夜下了暴雨，清早上学时盼望母亲能关照几句，诸如要走大路千万别抄近路趟河之类，可母亲不停地忙前忙后，根本不理会跟随她转来围去的目光。于是，我赌气地再一次来到那条河边。突然我发觉有什么人早在暴涨的河水里放了一些大石头。那石头一块块紧密地挨着，水深的地方甚至是用好些石块垒起来的，石面高出水面数厘米，远远看去就像一座简陋的石桥。我踏石而过的时候，心里淌过一股莫名的感激。那天晚上回到家，我无意中看到母亲手上缠着白纱布，血透过来，红红的一片，惊问她为什么会受伤，母亲淡淡地答道："不小心碰的。"站在一边的妹妹抢着告诉我："妈妈的手是搬石头碰伤的。""妈搬石头干什么？"我不解地追问。"搬石头搭桥呀！"

那一瞬间，我的心轰响着，久久说不出一句话来。

那年9月，我踏过"母亲桥"去远方上大学。独在异乡漂泊，仍是母亲用无言的关注帮我度过每一次的疲惫和寂寞。渐渐地，我知道，母亲用青春搭起我的生命之桥，还执著地用希望和奉献为我搭起通向成功和幸福的桥。

如今，河上的"母亲桥"已经为风雨侵蚀残旧，而在我成长的心灵中，"母亲桥"却永远踏不断。

选自《散文》1998年第9期

远　行

李华敏

这是一个无风的夜晚，天空挂满了星星。在异国他乡留学的日子里，对于整天忙于学业和生计的我来说，走夜路早已是司空见惯了。而这一次，我是赶往大学医院，我要为一个远行者去送行。

在“灵安室”的门口，写着他的名字——李永华。我知道，教授一定不喜欢这个地方。这倒不是因为这里是远行者踏上不归之路的地方，而是因为，教授平时性情如水，更讨厌这礼尚往来的客套方式。

“是你吗？请坐吧。”他依然是微笑着看着我，恰如一年前我们初次相识。那时我刚到韩国，因为生计，和许多留学生一样，业余时间打工教中文。在众人自我介绍一番之后，他也自我介绍说，他是我们学校德语系的退休教授，他还会日语和英语。他有一头熠熠的白发，说起话来抑扬顿挫，颇有节奏。他的装束也很别致，一身浅白地儿带黑色和棕色条纹的西装，显得年轻而潇洒。他很喜欢戴鸭舌帽，上课的时候就摘下帽子，露出一头被精心梳理过的银丝。不知为什么，我从一开始就感到他在气质上极像我的父亲。韩国人经常把富有贵族气质的人称为“两班”，而如今，真正的“两班”似乎越来越少了。

他对学习表现出一种坚韧不拔的执著精神。他把每一课课文都至少工工整整地抄写五遍，然后再背得滚瓜烂熟。尽管是业余学习，但他向来是一丝不苟地完成每一次作业。每当轮到他“发表”作文的时候，他总要先看看我，在我示意之后才大声念起来，念完又以一种略显不安的表情盯住我，直到我纠正一番并加以肯定之后，他才如释重负地舒了一口气。有时候，我真不知到底是我在教他，还是他在教我。因为每当他“发表”的时候，我总是被深深地吸引住，并从中学到许多东西。他的每一篇作文都是很好的散文。他的文章常常引经据典，纵横古今，既保持了韩国文学特有的朴素和典雅，又融合了西方文学的幽默和智慧。读他的文章，往往是要读到最后一句才能体会出个中的趣味，令人不禁发出会心的一笑。

据说他在我们学校还是一个“人物”。有一次监考的时候，他把椅子摞得高高的，作虎视眈眈状，结果吓得一百多位考生都跑到别的考场去了。更有一名“小抄”不幸被当场抓住，以致癫痫病发作。他因此获得了我们学校“首席考官”的绰号。还有人说他是“吝啬鬼”，这大概也是确有实证的。因为我经常看到他在废纸的背面转着圈写字，他说这样可以节省空间。和许多老一辈韩国人一样，他的少年时代是在贫困交加中度过的。他用树枝在地上写字，用吹鼓了的猪胃作成球和小伙伴们玩儿。他以坚韧的毅力和优异的成绩，免费考取了国内最高学府汉城大学。以后，他又以奖学金学生的身份赴日本和德国留学。他一生的学业几乎都是靠勤奋努力得来的奖学金完成的，这也是当时许多穷人家子弟唯一的出路。

除散文之外，他还有许多爱好。在仁川市，他是远近闻名的寿石和根雕艺术家。我们曾一起去看过一个寿石展，其中就有他本人收藏的几件作品。他的家简直就是一座寿石和根雕的博物馆，每一件作品都是经他的手而成为珍品的。慕名来访的人很多，有人甚至从国外远道而来。每当客人来访的时候，他总不免要兴致勃勃地介绍一番。他对石头情有独钟，也颇有见地。有一次，他带我去品茶，望着窗外的一块巨石，话题又不免落到石头上来。他说：人类应该感谢石头，是石头使人类学会了生存，是石头给人类带来了光明。石头是永生的，但却从不雕饰。他把自己对石头的爱视为一种对大自然的回归，因为韩国有许多山，到处是石头。也正因为如此，他还喜欢到中国去旅行，因为中国的石头别有一番情趣。

他的书法也是小有名气的，一如他的为人，朴实而不尚炫耀。他为我的母校仁荷大学题写的校训——一个大大的“真”字，被刻在一块巨石上，成为这所学校的永久象征。他酷爱中国的唐诗。有一次他分别用韩语、英语和日语高声朗诵起李白的名诗：

朝辞白帝彩云间，
千里江陵一日还。
两岸猿声啼不住，
轻舟已过万重山。

我至今还清楚地记得他朗诵时的飘逸神态，那超凡脱俗的儒雅之气与某些“显学”之士的矫揉造作大不相同，观之令人忘忧。

……

人的一生有许多次远行，而这一次他真的回家了。记得有一次他边驾车边以轻快的口吻告诉我：“我太太说我能活一百岁。”说完我们一同大笑起来。他这人很少喝酒。他家以前是卖酒的，他父亲喝酒以后常打他的母亲。少年的他有一次想体会一下醉酒的滋味，结果酩酊大醉之后竟把自己的衣服脱下来扔进火里烧掉了。从此以后他发誓绝不再沾酒。然而，他到底还是破了例。癌痛使得一向乐观的他每天要喝两瓶烧酒大醉之后方能入睡。

看来他真的是累了，他要休息。今夜，在这星光灿烂的时刻，我来为他送行。壮士一去不复返，我们无言相对，只有风儿在为他歌唱：

离别，是美的创造……
不是离别，
我怎能在泪水中死去，
又在欢笑中复活？……
美，是离别的创造。

选自《散文》1998年第12期

院子里的生活

聂 尔

我们在村庄和院落中长大成人，对我们来说，存在一种真切可亲的院落文明。现在随着一片片高楼从大地上无端涌现，院落文明正在衰落，这是无可置疑的事实。我们所经验过的那种院落文明将永远消失，这是让我们感到怀念和伤感的。

我知道，早在几十年前，电影摄影机的镜头已经从院落转移到了楼房的高墙和走廊。这表明最现代化的艺术早在几十年前就已经决定要放弃一种在它看来是注定要消失的景观。正如早在宋代人们便放弃了竹简、布帛和别的书写方式，专心一意使用纸张一样。任何一项小小的技术变革到后来终将显现为引起大洪水的一个细洞。到如今电脑时代汹涌而至，甚至于纸张也将不久于这个世界，由纸张构成的书籍将被窜行于网络上的看不见的电波所取代。看起来，这个世界“进步”的速度比人们想象的要快一些。

但是，即使地球村的人们联起手来共同消灭过去的事物，把所有过时的东西都放入焚化炉中，也将仍然不能消灭我们这些活着的人的深深思念。这也是无可置疑的，正像无论多深的怀念也仍将无法恢复旧事物一样的无可置疑。

我怀念院子里的岁月，虽然我知道已经永远不可能在现实中恢复那种远逝的生活中的诗意。同时我还知道，也已经不可能让我们的下一代重新在院子里生活和玩耍。而且，正因为这个，他们与我们的世界观有了那么大的差异。我们从小透过院子的网眼看世界，他们从高楼的窗户看世界，于是他们看到的世界和对世界的要求和我们相比是多么不同啊。

那种养育我们成长的院子里的生活到底给了我们什么，我其实并不完全清楚。正如我永生难忘的老祖母给了我些什么，我也不能一一报告清楚一样。但是我可以试着用所谓科学的态度来回忆一下，看是否能有所收获。我之所以今天要这样做，是为了预防万一哪一天我的孩子诘问我，“你们那时候的院子到底是个什么样子”时，我今天此刻写下的可以算作一个勉强的回答。

首先，院子给了我们真正的邻居。这样的邻居完全不同于今天的同一个社区里的公民。我可以举一个例子：院子里的一位姑娘偷汉子了，她从此失去贞洁。她的娘先是一阵号啕哭骂，随后她们家陷入难堪的寂静。一连几天，院子里都充满了寂静，大家(即全院的人们)为这位失去贞洁的姑娘举行了痛悼仪式。虽然院子里存在着各式各样的心理，也许还有一些阴暗的想法，但是总的来说，大人们为维系一种共同的统治暂时得以联合，孩子们则惊恐地跨入社会心理之中，开始了他们充满禁忌的社会行程之第一步。

其次，院子是低矮的平面的曲折而有所阻隔的。它告诉我们世界是有限度的。同时院子里到处都是藏身之处。我六岁时候的有一天，“造反派”闯进我们院子里来抓我妈妈。我妈妈被邻居们藏在了院子正中的一所房子里。在“造反派”的狂吼声中，全体邻居保持了一致的勇敢的可敬的沉默。而六岁的我为了获得揭穿谜底的快乐，为了显示打破寂静的勇气，突然指给了“造反派”们我妈妈的藏身之处。在以后岁月漫长的记忆中，这件事情的性质逐渐演变为：任何一种对抗都是针对全体的。那位姑娘使用了自己的童贞，而我则用了毫无顾忌的手指头。我们以此来获得我们对世界最初的抗议，以此来开始探测存在之边界最初的鲁莽的行为。

第三，院子的结构要求我们知道，任何一个孩子都只有先跨入院子，才有了进一步跨入世界的可能性。上面所讲的六岁时的那件事，使我遭到了不容置疑的激烈的指责。这使我经受了平生第一次精神上的磨难。这件事也使我早于别的孩子进入了本院的精神空间，为了以后走上街头，走进村落，甚至走入更为广阔不可知的世界作了早期准备。我还记得我在六七岁甚至更早一些的时候，跟随奶奶到村外河边洗衣服的情景。那是一段多么漫长的行程呵，从家里到院里，从院里到村里，从村里到村外．从林子到河边，从道路到桥头。最后呈现在我眼前的是，“一条大河波浪宽”。

我们的童年正是循着这样一条道路走进了广阔的自然和人生。我成人以后读布封笔下的老鹰，觉得只有人生大不同。动物的生命并非如此。老鹰生下来就在高峰绝顶，从不知院子为何物，所以它们也从不需要从院子里起飞，它们也就根本没有我们所经历过的缓慢，狭窄，恐惧和探索。两相比较，无论我们的人生是幸耶不幸，反正人生不与老鹰同。

第四，院子是黑暗而温暖的。院子里没有充足的阳光。在世界分割为院落的时代，人类是纯朴的，他们内心充满朗照的阳光，他们建筑院落是为了遮挡阳光，而不是为了像今天的建筑物那样“采光”，这是因为人们拥有过剩的阳光。我在八岁以前始终躲在巨大的土炕的角落里，远远地注视从竹帘子照射进来的剧烈的光柱，和在其中活动着的万千尘埃。那是自然所给予的第一道讯息，这讯息是美丽，神秘而又明亮的。

我记忆中院子的最后一个特点是，院子里的孩子们可以说，我们是一个院子的，这相当于说我们是兄弟。谁能忘记居住在一个院子里的兄弟呢？我就始终记得我们院子里的两兄弟。在我们都已经长大以后，已经不住在一个院子很久之后，尤其是我们的人生也已经分道扬镳，有一天他们兄弟中的一个找到我们家。我看到的是一位纯朴木讷的农家子弟，我想到那就是当年的我，或者说是我人生的又一条可能的道路。我最终走上了别的道路，只是说明社会人生的变化无端，只是说明是深在的偶然性主宰了我们的命运，如古人早就知道的人生如飘蓬吧。

关于院子和院子里的生活，我说了这么多，说得这么郑重其事，其实也并非有什么大不了的意义，只不过是怀旧而已。然而人生如何能够不怀旧呢？只是我的怀旧从院子里开始。如果我们的下一代到了长大和衰老的时候也要怀旧的话，他们大概首先想到的是，从楼房的窗户里向外面张望，看到了楼下草地上盛开着鲜红的月季花。高耸的楼群和楼群之间美丽的月季花将构成他们的新景观，而那时的我将躺在温暖的坟墓里，躺在我带到了坟墓的院子里，用喃喃的低语祝福一代又一代具有怀旧之情的人们。

选自《散文》1999年第1期

不能忘怀

张丽钧

春日里，朋友约我去看他筹办的一个摄影展。

在一幅照片面前，我停住了脚步：一个老人颓然跪在地上，勾着头，颜面被全白的头发挡住；在他的周围，站着神色各异的人们，有淡漠，有鄙夷，甚至还有厌恶。

“这个老家伙是个日本鬼子，”朋友说，“当年，他在冀东这块土地上干尽了烧杀奸淫的勾当，临进棺材之前总算良心发现，跑到唐山来忏悔。你看，摄影家抓拍的这个瞬间多妙！这老家伙的五官全被白发遮去了——他本来就没脸嘛！你看他的肩，抬得很高，这说明他在抽泣。”

我被摄影家用画面表达的强烈爱憎深深折服了。

“你再看这幅照片。”朋友把挂在旁边的另一幅照片指给我看。

照片正中跪着一个女人，她一边泫然垂泪，一边精心地为一棵小树培土。她的身边是悲恸的人群，有人抬手拭泪，有人掩面而泣，更有两个女人互相伏在对方的肩上哭作一团。

“这栽树的女人名叫须永节子，也是个日本人，”朋友动情地对我说，“她的丈夫名叫须永芳幸。1976年，须永芳幸刚刚度完蜜月就被日本日立公司派到中国来参加唐山陡河发电厂的建设工作，不想遇上了大地震。这个来唐山贡献精湛技术的年轻人，竟然连同他的生命一同贡献给了唐山。1979春天，须永节子带着100棵樱花树苗来到她丈夫长眠的这块土地——这是她在种完最后一棵樱花时长跪哭泣的场面。你看，这个日本女人的哭泣居然惹来了一场纷飞的泪雨。瞧瞧这些陪哭的人们，他们甚至比须永节子哭得还凶！”

我在这两幅形成强烈反差的照片前伫立良久。我的心口在一阵阵发紧。我知道，有一些来自历史的尘埃已不可阻挡地落进了我的灵魂深处。

我若有所悟地跟朋友说：“在这个世界上，大概有两种人最不能让我们忘怀，一种是让我们流过血的人，一种是让我们流过泪的人，前一种人让我们懂得了尊严，后一种人让我们懂得了爱。”

走出展室，我和朋友都情不自禁地举目北望，那里矗立着一座刺破青天的冀东抗日烈士纪念碑；而在纪念碑的西侧，和畅的春风正多情地吹拂着一片盛开的樱花。

选自《散文》1999年第6期

剃头变奏曲

徐建勇

六七十年代，常有挑着挑子给人剃头的民间手艺人，谁也说不清楚从哪朝哪代就开始出现这种剃头方式。靠吃这碗饭的手艺人多数是祖传的，他们不但推、刮、剪、洗手艺精湛，且对修眉、掏耳、修脚等更有一手。每当走进巷里、村头就大声吆喝“剃头喽——”，需要剃头的人便循声而至。

剃头挑子一头是烧热水的炉子和小锅；另一头是盆架和凳子，架子上搭着毛巾和擦刀的长方条帆布，盆架上放有脸盆，脸盆里放着一个木盒子，盒子里搁着肥皂、碱块、刀剪及梳子之类，这就是一个设备齐全的剃头摊儿。师傅刚把挑子往院场一放，就围满了来剃头的老老少少。在当时看来，用它为百姓服务非常方便。

那时凡是大些的村庄都有一两个剃头的手艺人，村民常年的剃头都是他们包了下来，剃头的费用由生产队到年底统一结算，也有由剃头的随时付给。有的给相值的工分，有的给现金，也有给鸡蛋相抵。尽管剃头费比现在要低几十倍，可还有掏不出的，欠费剃头的人很多，到年终师傅们不得不走家串户收粮抵账。记得有一年冬天，为了节省点钱，我有好长时间未剃头了，头发又长又乱，加之没有洗脸，我又感冒，远远望去像个乞丐。这样母亲催我说，还不赶快把那“贼头”剃掉？我说："没有一分钱怎么剃？""家里还有几个鸡蛋呢。"母亲说。于是我在十几个鸡蛋中拣一个最小的，拽着邻居二法一起去剃头。外村的剃头匠嫌我鸡蛋小，不愿意给剃，我急得满脸通红，几位村邻帮助我说情，师傅终于答应给我剃头，我怕他反悔，忙坐在椅子上，心里还不免有些得意。我们这些孩子的头比较好剃，无需刮脸，省工省时。只见师傅拿起剃刀，三下五除二，就把我多日留的长毛去掉。一阵寒风吹来，顿时我的头和脸起满了鸡皮疙瘩，后脑勺冷飕飕的难受，剃头师傅端来热水，把我的头浸在水里轻轻扤揉，顿觉一股暖流顺着头部蹿遍全身。洗完头，又用干毛巾在头上用劲地擦搓，擦得我头皮痒乎乎温乎乎的，然后再用手掐一下我的眉头，舒服极了。接着二法也用大点鸡蛋相抵剃了头，可他刚到家里就受到大人们的训斥，因为没有经过家人的同意，偷拿了一个大鸡蛋。

每当腊月二十左右，剃头挑儿十分火爆。农村有不成文的习俗，正月里不能剃头，否则容易招癞，同时快过年了，剃头见见新，人也显得有精神。社场上摆上两副剃头挑子，洗头的热水也用场上大锅解决，有时要用两天才能剃完全村人的头。

当年我们的发式，也只是光头、平头、锅铲头几种，挺神气的要数三七分头，剃头师傅都能应付自如。村姑们在过年时也不例外，要修发打扮一番。大多数留二刀毛齐耳短发，还有的留着一条乌黑发亮的大辫子。为了洋气点，姑娘们要求前额曲卷，剃头师傅拿着筷子般粗的钎子往炉火中插下去，适当温度拔出，前芽往上一卷抽出即可，这种发型能保持很长时间。我们这些爱看热闹的孩子们，最喜欢看的还是师傅们剃光头手艺。先用温水洗头，将发浸泡软，而后手执剃刀，从前至后，发丛中立时呈现出一条白色的分界线，接着逐渐向两边扩展，直至剃光变成一只白色“灯泡”为止。那刀儿可真锋利，我们能听到割断硬茬毛的“吱吱”声，像微风吹秫叶，像蚕食桑叶，细密而清晰。剃头的人沉着气耐心坐在凳子上，任凭修整，生怕在头上划上一个口子。有时剃头中途，刀刃钝了，将刀在一条油光光的帆布上来回蹭几下，在别人不注意防避时，往光头上猛的拍上一巴掌，并说打“灯泡”了。一不留神拍打别人的人被别人拍了一掌，逗得围观者哄堂大笑，笑的那样开心，那样自在……

八十年代初期，我从外地调回县城工作，去了趟乡下老家，在和村邻闲谈中，突然听到久违了的“剃头喽——理发喽”的吆喝声和铃铛声。显然剃头和理发混喊，我循声望去，只见一个中年人牵着一辆大架新自行车向我们走来，车后架两边放着椅子和两个保温瓶，货架上放着一个塑料盒子，和以前不一样的是：自行车取代了挑子，热水瓶取代了炉锅，同时增加了香皂，剃头的围裙也很洁白。来剃头的村民一改往常单一光头，大多数留起了分头，一些小伙子理成燕尾头，即使有几个剃成了光头，那也是看了武打片后为了赶时髦罢了。

今年春节前夕，出差路过农村老家，正逢集日，街上挤满了赶集的人们。举目观看，街道两旁除了商店批发部外，那就是理发店、美容厅及洗脚房，室内设施齐全，怎么也看不到剃头铺的字样。看来理发都要到集镇上理了，本家的弟弟告诉我，多数都到集镇上理发，也有在家里等着理发的，南庄老林儿子除了在镇上开了理发店外，还经常骑着摩托车到村里为村民理发。说曹操，曹操就到，真巧碰上他，他向我们打招呼时，身上的BP机响了，他看了看汉显说：“是你村二法从外地打工回来，叫我上门去给他理发。”说话间，他提着装满吹风机、定型水、摩丝等现代化设备的特制小箱子，骑着摩托就走。当我从集镇回到庄上时，看见穿着白色工作服的小林师傅正在为一位西装革履的人修整、吹风、定型，发上抹着摩丝，乌黑发亮，他留新潮的贵妃发型，那不正是当年偷拿大鸡蛋剃头而被训的二法吗！站在两旁的小青年留着大奔头、爆炸、菊花等不同发型，当年的剃头场面已荡然无存……

二十多年了，我到过无数现代化美容室、理发店、发廊、美发厅梳理之后，忽然对自己这个平常脑袋的经历感到惊讶：毫毛之间，竟能折射出时代的变迁。

选自《散文》1999 年第 7 期

父老乡亲

程文胜

那位母亲紧紧抱着被洪水冲散又不期而遇的女儿痛哭失声，小女孩则睁大噙着泪珠的眼睛。小女孩的头发稀少而散乱，那些泛着衰草一样淡金色的头发，在微风中颤动着，如同小女孩的眼神一样惊魂未定。

这是发生在我湖北家乡的真实一幕。这幅题为《劫后重逢》的照片，如同透明的刀片，飞快地划过我的心头，我看见刀刃上闪烁着人性的光芒，也流淌着我的鲜血。

我感受到了疼痛，可我不知道该是痛苦呻吟，还是流泪歌唱。在洪水肆虐的日子，我曾用心歌颂了在大堤上与洪魔抗争的人们，作为一名军旅作家，我一直为能有机会见证这段历史而欣慰不已。

可我忽略了在洪水中受难的父老乡亲了。

我没有写到他们，那时，我一直错误地认为他们是弱者，即使提到，他们也是以灾民的形象出现的。那时，我的父老乡亲们滞留在大堤上，他们守护着从洪水里抢出来的一点点家产，期待着洪水一点点退去。苦难和无奈写在他们的脸上，也流落进我的心里。那时，我对他们只有同情，而没有敬意。

可那幅照片让我的心流血了。在隐隐的疼痛中，一个念头蹦出来：洪水退去之后，这对母女的生活会怎样？

一经发问，我便很快发现，这不仅是关于照片上那对母女的问题，而是有关我整个父老乡亲的问题了。

洪水过去了，洪水带来的创伤却还要长久地伴随着他们。

“什么也没有了，什么也没能带出来。”可他们庆幸自己还活着，而活着已经很好了。他们开始盘算今后的日子。尽管浪头还在自家屋顶拍打着漩涡，隔三差五，他们仍想着要驾船回去看看自己的家。

尽管洪魔是借助大江的河床兴风作浪，但他们憎恨的只是洪水，而从不亵渎养育他们的大江。一个本是融为一体的概念，被凝重而质朴的大江之爱划分为二。我知道，我的父老乡亲已经把整个生命融化进那条古老的大江里了。面对这种对大江的眷念，面对这种对土地的挚爱，面对这种源自大江的生命伟力，我不能无动于衷。

孩子似乎比大人更懂得怎样忘记灾难，怎样快活地享受生活。他们光着臂膀在编织袋扎成的窝棚间追逐，或者在堤边伸长手臂打捞江面上随波逐流的稻草、树枝，欢快的笑声在充满复杂气味的空气中飘荡，似乎与以往没有什么不同。看着孩子们那泥垢所不能掩藏的笑脸，我同样不能无动于衷。

我为我错误地以为他们是弱者而羞愧不已，因为流泪并不意味着软弱，因为伟大的人民是作为群体的概念而存在的，而我的父老乡亲们正是其中一部分啊。

事实上，即使作为个体，我的父老乡亲们承受灾难的韧性和勇气比我要强烈得多。当抗洪将士奋战洪魔时，老妈妈在泥泞中为肩扛麻袋的子弟兵掌灯引路，姐妹们为战斗间隙小憩的战士驱赶蚊蝇，小孩子则为向生命极限挑战的亲人端碗粥、送杯茶……当子弟兵凯旋时，我的父老乡亲们箪食壶浆，用一颗颗最真诚的心编织成荣誉的花篮，一路簇拥着、一路祝福着。送走了亲人，我的父老乡亲们又默默地收拾起残存的家当，从大堤上回家，然后，默默地用双手缝补被洪水撕裂的伤口，满怀虔诚地希望着来年的收成。

我不由想起了那个逐日的夸父。为了追赶上太阳，夸父跑啊跑啊拼命地跑，太阳离他越来越近了，他的热血乃至整个生命也开始沸腾、燃烧起来，他喝干了渭河的水仍然焦渴难耐，终于訇然一声倒在地上。看着金黄的尘埃被激扬得漫天飞扬，夸父知道自己生命的尘埃将从此落定，他奋力朝着太阳的方向扔出了手杖。那手杖是他不停追逐太阳的意志的继续，它在历史的天空里留下飞行的黄金轨迹后，没入大地，化成了开满桃花的邓林。

我的父老乡亲们也在追赶着太阳，也在桃花盛开的地方创造美好的人生。

夸父不是远古神话里个体的神，夸父是一个群体。我要说：夸父其实就是我的父老乡亲。

“即使把所有的一切都献给人民，那也不过是沧海之一粟。”这首歌唱得好。因为人民养育了我们这支军队，因为人民是我们伟大的母亲啊！

我的父老乡亲们，你们过得还好吗？

选自《散文》1999年第8期

陪母亲随便走走

张丽钧

远嫁之后，母亲成了千山万水之外的一份牵念。每当假日来临，我的心都要被思念煎着，顾不上天寒天热，一定要买张车票回到那令我魂牵梦萦的小城。

吃过了母亲包的饺子，喝过了母亲泡的清茶，在野鸽子咕咕的叫声中，我梳妆打扮，准备陪母亲出去随便走走。

我喜欢稍后一步地跟着母亲，顺从地听凭老人家带着我在街巷里左拐右折。母亲主动向所有的熟人打招呼，哪怕那人远在半条街之外，母亲也要用热情洋溢的问候把人家拦住。母亲似乎始终都在期待着人们探问起我的情况。

——是你家大女儿吧？

——可不是她么。

——看这眉呀眼的，多像你年轻时的样子。

——都这么说哩！

——这妮嫁了没呀？

——还嫁了没哪！跟你说呀，她家小子都这么高啦！

母亲得意地夸张着她外孙的身高，那多比画出来的一截儿足够她外孙铆着劲长三年的。我却无心去挤掉母亲话中的水分，只在一边美美地笑着，坦然地收下了别人的艳羡与恭维。

风从母亲的方向吹过来，我嗅到了她衣服上淡淡的樟脑气味——母亲穿的是一件她素日舍不得穿的“箱底衣”。

我随母亲走到一个临街的点心铺。戴着高高的白帽子的老师傅认出了我，便笑呵呵地提起我小时候买一块点心还嚷嚷着让他饶一把点心渣的光荣历史。我和母亲听罢大笑起来。母亲从袜腰里摸出一张面额不小的钞票，补偿般地非要让我跟三五个正埋头大吃的孩子坐到同一条长凳上吃热点心不可。我便像个馋丫头一样，擎着一只小碟子，兴高采烈地加入了孩子们的行列——去它的减肥计划！去它的卡路里！我这样跟自己说着，肆无忌惮地大嚼大咽，心里鼓涨起重回童年的无限欢喜。

告别了点心铺的老师傅，我继续随母亲信马由缰地在街衢上漫步。高高的白杨树在我们的头顶上拍着巴掌，野鸽子用咕咕咕的叫声阐释着它心中的快乐与忧伤。

向母亲诉苦，是我的传统保留节目，就像小时候摔了一跤就一定要让妈妈用力跺跺那块地皮一样，为的是得到母亲精神上的摩挲与抚慰。我絮絮地跟母亲说着：被阿甲伤害，被阿乙误会……连我自己都搞不懂，一向以“女强人”自居的我究竟哪儿来那么多的委屈与哀怨。针尖大的不快，芝麻大的痛楚，此刻一律被原本粗疏的心一一忆起。说到伤怀处，泪水竟不知不觉地濡湿了面颊。母亲则柔声地劝慰着，耐心地开导着，再一次把她的人生信条讲给我听——明里人辜负，暗中天偿还。我听了心头倏地一热，郁结于胸的块垒顷刻间瓦解冰消。

…………

跟母亲随便走走，在我是件多么奢侈的事！和母亲走在一起，所有的平凡都变成了神奇，所有的苦涩都变成了甘甜。母亲欣赏我炫耀我怜爱我纵宠我，不为别的，就因为我是她的女儿。我眸中流动的是她昨日的眼神，我眉梢挑着的是她今天的骄矜。在母亲的心目中，我的一颦一笑一啄一饮全都是天大的事情——我拈起一枚快乐的红叶，母亲就拥有了整座枫林；我咽下了一滴痛苦的海水，母亲就坠入了无边的汪洋。以我为岸，以我为源，以我为日，以我为月——母亲呵！

现在，在我伏案写这篇小文的时候，我的母亲正在千里之外做着什么呢？她那件稍像些样的衣衫又躺到箱底嗅樟脑丸去了吧？她的袜腰里还有没有塞着预备给女儿买甜点心的钞票？她最爱的野鸽子是不是又在瓦蓝的天空下咕咕咕叫起来了——妈妈，等着我，等我在阳光灿烂的日子里回到您身边，让我们再一次把幸福的脚印留在那座名叫深泽的小城。

选自《散文》1999年第11期

爸爸讲的故事

杨守建

从懂事起，就枕着爸爸的胳臂听他讲故事。对我来说，父亲的故事是人生的启蒙读物。其中有些故事爸爸讲了多次，这些故事在我长大后，在我听过多次以后，才渐渐品味出其中的深意。

其中有个故事讲的是“文革”中的事。一天，一群穿着军装的毛头小伙子押着一位中年人从村前的河边走过。腰带，拳头，脚不停地落在中年人的头上和身上。中年人始终紧闭着渗着鲜血的双唇，绷着脸，眼光中没有丝毫的乞求与示弱。这不屈的表情激怒了年轻人，有人气汹汹地说：“这家伙死不认账，把他推到河里淹死算了。”就在有人想动手时，村头站出一位老者，长叹一口气，似乎是自言自语：“杀口猪，大家还可以分得几斤肉，杀死个人，世上只凭空多了一个冤魂，以后总有一天还得还人家个说法，何苦啊。”老人花白的胡须在微风中轻轻飘动，声音柔和，缓如溪水，仿佛大彻大悟的高僧。不知哪里来的力量，这群年轻人放弃了那个于己无利，于人有害的打算，押着中年人从老人面前默默地走了。

多年后，有不少当初关进去的人被请出来了，一些因双手沾染了鲜血的人被关了进去。从里面出来的中年人上老人的坟头致谢，来上坟的还有当初那些年轻人。

另个故事发生在我家，也在那个年代。那时家家户户厅堂正中都挂领袖的画像。我家厅堂的正中是块板壁，主席的标准像就贴在板壁上。有年开春，新来的燕子在领袖画像的正上方衔泥筑巢。领袖头上动土，这还了得！于是爷爷不得不每天都把燕子新衔的泥给捅下来。有一天，燕子在筑巢时，拉下一堆粪，于是有人向工作队告了爷爷对领袖的“仇恨”与“侮辱”。工作队长听完后，阴沉着脸，瞟了告密者一眼，就来找爷爷。耐心地听完不善言辞的爷爷的解释后，工作队长拍拍爷爷的肩膀，丢下一句：“我猜就是这样。”背着双手走了。一场灾祸消弭于无形。

这个故事父亲讲过多次，每次听他讲起这件事，我都能感受到根植于父亲心中的感激之情。

这两个故事我给同学讲过，他们都愿意听，现在写出来，我想会有人愿意看的。

选自《散文》1999年第11期

苏州客录

曾一果

船

我几乎没有坐过船，我只记得我唯一一次坐船是小时候父亲带我去扬州，那时还没有“二十四桥明月夜”的感觉，所以一切的印象都是一片空白，只觉得城里比我们乡下人多，还有一点记忆的大概只有平山堂里青面獠牙的四大金刚，和一个穿着僧衣的法师。那时跟着父亲，心中很害怕，但还是要偷偷地去瞧那僧人，看他虔诚地点起缭缭的香，那般神秘使我呼吸也不敢出。

我中学时，学校在山顶上，而那叫清凉山的小山就饮着淮水，帆船整日的来往。我时常呆呆地捧着书，坐在校园后操场的一个冰凉的台阶上，默默的看帆影和铺在水中的日光。天有时是那么湛蓝，有时还有美丽的鸽子，而轮船的汽笛是那么久远的飘扬。我很羡慕那些能坐船回去的同学。在我的印象中，倚着船窗、穿过芦苇，看野鸟一只一只地扑叫着飞起，听一听那寂旷的天底下嘹亮的声音。平旷坦荡的湖中：一艘小舟，一个归家的人，背着破书包，聆听桨在水中击打的声音，那种意境是无法想象的。

有几次晚上，我和一个同学路过相门桥，我们站在桥上，竟不愿再走开。我们倚着桥栏，默默地望着河水，水和船在灯光和幻觉中摇荡，远处黑黝黝的建筑又融进了“哒哒”的船声，我的感觉是在读朱自清和俞平伯两位先生的同名散文《桨声灯影里的秦淮河》，那景色真是美极了。

江南的古镇，猛一看都很破旧，巴不得拆了才好，有些北方的同学对于此，往往大失所望，说山清水秀的江南，原不过如此耳。其实再仔细一欣赏，古色玲珑的瓦脊精雕细凿的镂空，很是耐人寻味。而那小船泊在静静的两巷间的绿波上，装上货物，慢慢地摇荡，要是在夜里，清脆的击桨声响彻寂静的空巷，那是多么的富有情调。

“人人尽说江南好，游人只合江南老。春水碧于天，画船听雨眠，垆边人似月，皓腕凝霜雪，未老莫还乡，还乡须断肠。”

江南，没有了雨，便少了妩媚；没有了青砖白墙，便没有了色彩；而这船是江南的宠物，无论是在宽阔的水面还是在狭小的水道上，只要有了船，这静静的画面就有了灵动。我有时真想自己拥有一只船，一个人划在小巷中，划在枫桥边，要是下雪更好，茫茫的江面，听笛声和古钟，雪花在伴舞，有什么忧愁不可以忘记呢？

桥

说到桥，我不禁想起卞之琳先生的名诗：“你站在桥上看风景，看风景的人在楼上看你。明月装饰了你的窗子，你装饰了别人的梦。”我想这首优美的篇章里的桥肯定是江南的。因为只有在江南你才能见到这样的风景：一个人站在桥边，一个人临窗而立。苏州的建筑大多临河而筑，铺在水中的是石块和石阶，暗白的墙上是红的发黑的褐色木窗，窗子上是黑油油的琉璃瓦，房子一般是两层，后窗对着河水，幽深的带着古味，我没有站在那样的窗下眺望的经历，但我想那情景该是怡人的。站在幽暗的窗下，看一条船慢慢地从你身边划过，驶向那桥洞，或许那桥上真有一个少女，手拿着紫色的花伞，着一身粉红衣裳。

我第一次怀着幽梦到江南时，我最惊奇的不是苏州的水，而是她的各色各样的桥，是那么多、那么美。在我的故乡，也有碧波荡漾的湖水，但是大多没有桥和船，所以空荡荡的，到了冬天就显得有些苍茫和空荡。到了苏州以后我才知道，天下还有这么多美丽的桥。苏州桥多的叫你没法数，大大小小的铺在河道上，我都不知道到现在我已走过了多少桥，这些桥都叫什么名字。

苏州有的桥名字很好听，听了一遍就忘不了，我要去宝带桥就是因听了她的名字。那一天是中秋，站在宿舍的窗口就可以望到圆圆的月儿，所以很想家。有同学邀同去宝带桥，那晚觉得那名字是那么好听，于是就一起去了，同去的有十几个人，很热闹。我们是骑车去的，浩浩荡荡的，宝带桥离大学有几十里，骑到那儿人已没劲儿了，但一见到遥远的铺在水中的桥影，我的兴致又来了。说实话，那天如果不是人太多了，宝带桥真的很美，朦朦胧胧地见到一个一个弧形的桥孔连环铺在水中，和水中的另一半形成了一个个优美的圆，亮晶晶的摇晃着，真是美极了。而且宝带桥周围的水面很开阔，很像故乡的水，所以心中渐渐产生了依念。只是人太多了，我想要是没有人的时候该是多好。

苏州好多的风景大多是这样，人占据了风景，风景失去了地盘。我在大学的时候，班级里组织去周庄，风景本来是很好的，可人太多了，无数的人围着人，无数的人看着人，真是大煞风景，我本想看看陈逸飞先生画中的双桥，但无数的人站在上面，令我望而生畏，所以顿时没有了兴致。但想想自己何尝不是凑热闹的人？后来走到一个地方，看到无数的美校学生坐在地上画画，感到无限的羡慕，觉得只有他们能在热闹中寻出真正的美，能在热闹中保持着寂静。

雨

江南是雨的故乡，雨在这里变得那么多情，那么缠绵。我过完了大学四年后才长长出了口气，我终于要和这多情的雨拜拜了。但不幸现在又要和它相伴三年，我并不喜欢下雨，而苏州几乎天天下雨，没完没了的下，被子是湿的、屋子是湿的、天空是湿的。外地的同学都不习惯，我的室友是山东的，他常常说："我到苏州才知道什么是雨。"我不喜欢下雨，实在是因为下雨太麻烦，连书里都是湿的，北方人大概看不惯苏童、叶兆言书里散发出的霉变的湿气，但那确实就是江南，或者更准确的说那就是苏州。

但没有事的时候，坐在窗下，听雨、或看雨中的风景、或走在雨中，那是一件很宜人的事。我常常孤身一人蜷缩在文科楼的一隅看那些枯燥的书，太寂寞了，就打开窗户，看一看窗外的风景、要是下雨天，会有无数的花伞从那小道上穿过，有红的、黄的、绿的、蓝的、棕色的……像朵朵的睡莲盛开着、漂移着。犹如印象派绘画大师莫奈的名画《睡莲》里的情调，我喜欢坐在那儿静静的凝视，那些在雨中急行，或缓走的人群，觉得那太像人生了，每一个花伞似乎就象征着一个流动的人生。我很喜欢印象派的绘画，那种朦朦胧胧地色彩和情调。坐在那儿还可以听一听钟声——从远处的钟楼传来，钟楼是苏大的象征，是一座很美的美式建筑，已有一百年的历史；碧绿的树叶上有时会有清脆的雨滴落下，被风吹着，穿过窗户，落到你的额上。雪白的白玉兰、绯红的桃花、鸟鸣声和雨滴声都融在一起。

因为常下雨，所以晚上睡不着，就在枕上听雨声和远处的船声，渐渐的也就进入了梦乡。

“帘外雨潺潺，春意阑珊……”“这是江南。”我在梦里也会说。

巷

我把苏州的巷子分两种；一种是水巷、一种是陆巷。水巷是水从临河而筑的房子间穿过，水巷的特点是对称，屋子是两层的，房子的风格很雷同，青砖白墙，许多石阶朝水里铺去，留在岸上的也长满了青苔，现在很多画上的江南巷子，多是水巷。这种雷同的风格会使你感到有些厌倦，但这风格给我的感觉却是平正、古典的。我喜欢站在桥上看她那种宁静的美，房子的倒影铺在水中，摇曳着。我希望我能拥有一条船，亲自在那狭窄的水巷里前行，但我没有熟人、又囊中羞涩，雇不起船，只好常常呆呆地临河而立。

陆巷倒可以常走走，我在大学时，常常和我的室友，在下课后的傍晚，去钻那小巷。陆巷的特点是曲折幽深，曲折表明她是散乱不对称的，的确，左一弯又一弯的，到最后你就不知道到哪里了。两边只有暗白的院墙，墙的上空是一线狭长的碧空，蔷薇花会从地上一簇一簇的朝上滋生。我的那位山东的同学，有一次和我出去，我们俩逛了几个巷子以后他就不知道东南西北了，我一会儿就把他从空荡的巷子带到热闹非凡的大街上。他很惊奇地问："你是怎么摸出来的？"其实苏州的巷子大多是相通的，无论它如何的曲折幽深，只要你走下去，总能摸出来。不过我的方向感大概确实不错，即使在最曲折的巷子里。

走在这些巷子里很有意思，苏州的旧巷大多年代久远，所以有很多你意想不到的古迹，很普通的居民就可能住在一座明朝的房子里。大学后门的甲辰巷里的那座砖塔，可能谁也不注意它已立在那儿几百年了，它比周围的任何一个建筑都矮，但却比四周任何一个建筑都有意味。苏州的院子都很深，但从外面却看不出来，我有一次从外面看，就想那墙里能有什么东西？后来进了一次，才大大领略了"庭院深深深几许"的风姿。

选自《散文》2000年第2期

月光与白发

周声华

1948年,我挽着包袱,跟在母亲的身后,走出汉阳马鞍山北麓的一个湾子,到马家湖乘船下汉口,来到江汉路的一家私营银行,当传票生。这年我13岁,还是个可以早晨赖着不起床、晚上吵着不洗脚的年纪。我没有这种资格。我必须看那些我一律称着"先生"的银行职员的脸色,忍受他们对我的喝五吆六;必须默默地听取银行里工友们的嘲笑。

来银行"办公事"的,或西装革履,或长袍礼帽,皆气度不凡。有穿细绿呢军服的旅长来银行同经理闭门密谈,他的"弟兄们"的薪饷由之长时间存在银行"派生"利息,而让"弟兄们"克服困难以"戡乱救国"。经理太太的海普绒大衣把威严、雍容和婀娜有机地缝到了一起。

告别了"子在齐闻韶"和"气之轻清,上浮者为天"的晨读夜诵,在白日里看够了各种嘴脸之后,我还应该阅读点什么。与江汉路仅一步之隔的便是交通路,那里有一家接一家的书店,有鲁迅的《呐喊》、郭沫若的《女神》、柯南道尔的《柳暗花明》。书,使我得以遁入另一个世界,一个同眼前之鄙吝、溷浊、怪诞、荒谬完全不同的清新的世界。远离了母爱、童真而溺于忙迫中,竟使我有幸遇见交通路!

银行里居然订有一些报刊,就中有一份称作《大刚报》,上面有《大江》副刊。这是必读的一份报纸。一次，在上面读到一首题为《希望》的诗。全诗已经忘记了，唯独有两行诗句，像两星爝火映入我的大张着的迷茫的瞳仁：

母亲的白发，在月光下闪烁。

那月光，自深不可测的苍穹无声地洒了下来，使得周遭的密林默默地披着朦胧的轻纱。在无边的静谧中，似乎有一种神秘的声音——一个女人，在若隐若现的草房外拾掇着什么。她的白发在月光下闪烁，像平静的湖闪着一抹涟漪。那便是我的母亲。她在轻轻唤着我的乳名。在那清寥迷离的夜里，只有母亲和我，当然还有幽幽的月光。

我应该回去，应该离开这汉口，这江汉路，这一摞一摞的钱，回到乡下去，回到那草房那稻场那月光下去，去端一张小凳子坐在那有树枝树叶的无边的静里，去用手托着下颏想我的心事。

母亲的白发，在月光下闪烁。

那是我心灵的星空中最真实的存在。那是缪斯给予我的珍贵的恩赐。那是瞬间与永恒的展示。50年过去了，我趟过泥泞、雷区、浮嚣、荣辱、毁誉，穿过海隅、北疆、荒山、异国，迎来满鬓银丝，却从未走出那月光与白发交映的澄澈的梦。

选自《散文》2000年第3期

吊 蜂 子

袁仁琮

我小的时候，单家独户住在大山里。稻子开始发黄的时候，我和哥哥便上山吊蜂子。吊蜂子可是非常有趣的事。秋天，蚂蚱正肥。捉上一只，掐下腿，挤出香棍头大一点肉，放在大拇指指甲上，粘上用棉花做成的白色吊子，细细长长的，像耳坠，就成了蜂子的诱饵。蜂子飞来，只要把手伸出去，那嗡嗡飞着的小东西很快就会落下，嗅一嗅，开始细心地用嘴把食物从指甲上一点点剔下。蜂子放心地飞回去的时候，那条白色的棉花吊子便给吊蜂者指路了。除非蜂子在树上停留，棉花吊子被挂落，否则，就会一直带到蜂巢里。有经验的吊蜂者是不会轻易失去目标的，眼睛一眨不眨地盯住那渐渐远去的飞物，一直到发现蜂巢为止。大蜂子个粗，蜂蛹肥，当然吸引人，但它们是把窝营造在大树上的，不好烧。紫红的大蜂子特别凶恶，只要发现来犯者，即群起而攻之，常常有人死于它们的千万颗毒刺之下。我们不愿意冒这样的险，只吊比大蜂子小得多的地蜂子。哥哥是极有经验的吊蜂者，他能根据蜂子出入口的大小，判断蜂巢的大小，并由此确定用多少稻草去烧，挖多大范围才能把蜂巢取出来。哥哥烧蜂子也是极有本事的，只见他头戴斗笠，扎紧袖口裤脚，一手拿呼呼燃着的稻草，一手迅速刨开旁边的泥土，不多工夫，连壳带扇的蜂巢就像变魔术似的被装进早已准备好的口袋里。带回去，敞开，让吓坏了的蜂们逃命去，就再没有被蜇的危险了。这时，一家人便高高兴兴地围拢来，极细心地把蜂蛹从构筑异常精巧的巢孔里取出。无论怎样大的一窝地蜂子，蜂蛹也只有一小碗。确实太少，但如果用些油一炒，放上一瓢水，也是颇能解一下馋的。每年秋天，哥哥总能烧到几窝，所以，总能不断地打打牙祭。

五十多年过去，吊蜂子的画面早已被风雨剥蚀得模糊了，和城市的朋友说起这样的事，对方惊讶的眼神仿佛在问，那能吃吗？说不定还会被奚落为朱元璋的“翡翠白玉汤”。我自己当然再没吃到那特殊香味的蜂蛹了。这次天柱举行笔会，在宾馆的餐桌上，除了现代流行的美味佳肴，我又见到这久违的老朋友。见面时，虽然有些陌生，但毕竟很快就认出来了。先是味觉的复苏，那一种奇特的香味像春天的笋子，先是冒出一点尖，看着看着就长大了，成了个活鲜鲜的春笋。当然，这比方也不太确切，因为复苏时间实在很短很短，短到只是一瞬，我的整个口腔就充满那熟悉的味儿。我曾奇怪这味儿会留得这样长久，埋藏得这样深，生命力如此顽强，竟不为世事沧桑而泯灭，不为光怪陆离的城市生活而改变。后来，才渐渐释然。我之所以很快明白，并不是我比别人天分更高，而是生活为我作了诠释。笔会期间，热情的主人组织参观侗寨。我见到了熟悉的木楼，多情的妹崽，听到一曲曲细着嗓门唱出来的劝酒歌，喝下一杯杯自酿的淳厚的米酒。在酒不醉人人自醉的氛围里，我仿佛又回到儿时生活的村寨，回到那没有一点人工雕琢痕迹的生活，回到那清新爽宜的空气里。这时已不再是味觉的复苏，而是整个儿回去了。以至回到生我养我那一方土地的时候，我感到是那样自如，竟能用侗话和乡亲们寒暄。乡亲们对此举有特殊评价：五十多年了，还没忘记哩。这话的含义多少有些模糊。“没忘记”什么，是指本民族语还是指乡亲们？但我知道，乡亲们对回家来操外地腔的人是很反感的，话说得很难听，大约是把忘了本民族语言和忘了乡亲们连在一起了，而我算是得到格外抬爱的。

我自信永远不会忘记，包括富于阳刚气的侗语，有趣的吊蜂子以及乡亲们，因为我是大山的儿子。

选自《散文》2000年第5期

冬耕·冬雨

童　莹

四十年前的冬天，父亲跟着爷爷在川前的一块空地上犁田，挨了一巴掌。父亲对爷爷一生性情的概括，就只有一个字：凶。

家里穷，爷爷和奶奶过世后，大年的扫祭，也只拎一只挺瘦的公鸡往山上去。父亲每年都带着我们在奶奶的坟前把鸡杀了，到了爷爷的坟前，就只留着残凝的鸡血。

四十年前的那个冬天的正午，太阳像一只大海碗，照得人火辣辣地疼。爷爷青筋暴露，只穿一件小褂，那老掉牙的牛却板着一双老眼，步子一拐一拐的，写着破落的歪诗。爷爷已经不止一次地望着通向村里的蒿草道了，他似乎是饿极了，揩着汗的时候，还嘟囔着什么，大约是埋怨奶奶怎么还不遣父亲把饭送到地畔上来。过了一袋烟的工夫，父亲终于在蒿草道上出现了。

"怎不带酒来哩？"爷爷瓮声瓮气地去揭饭布巾，问父亲。父亲那时小，大约还不明白爷爷干啥老稀罕那东西，就反问了一句："没酒就不可以吃饭喽？"

"你懂个屁！犁田去！你学着犁！"

犁就犁呗。父亲也许是那么想的。父亲委屈地走过去了。呆滞的老牛一动不动。于是爷爷教父亲怎么把犁，怎么控制犁的深度，怎么吆喝牛，怎么抖动缰绳。

那是一幅精致到了凄美的图画。父亲那时学犁一定艰难，如我当年学解一元二次方程。他硬着头皮应承着，却驱不动倚老卖老的牛。爷爷能攥着犁把把牛逼动，父亲却不能。于是，父亲忍不住哭了。

于是父亲挨了那一巴掌。也许，一切仅因为那一顿饭爷爷少了酒喝吧。那一年也是大旱年。父亲咿咿地哭了，哭得那么伤心，仿佛可以催来一场金贵的雨。

父亲是我们那一方水路有名的庄稼人。每一年秋收之后，我都看见父亲在川前川后的责任田上翻耕着，翻耕着，之后，就撒播很多的种籽。年关了，满川的碧绿里，许多是父亲的杰作。许多人也终于知道，没有爷爷那一巴掌，父亲的田没有那么整饬，优美。

老家这一两年的景状改观了许多。祭祖时，还是父亲动手杀鸡。父亲利索地在奶奶的坟前叩首作揖，却不允许我们在爷爷坟前说半句笑话，我们仿佛又一次看见爷爷从很高很高的空中把手挥下来。

那一夜果真下了一场金贵的雨，此后年年，我家的除夕饭桌上的饭菜就名目繁多了。

选自《散文》2000年第8期

飘往大洋彼岸的红领巾

钟新年

几年前，我收到丹怡同学从大洋彼岸寄来的信，信中这样写道："钟老师，您好！我离开大家已经两年多了，在这两年时间里，我无时无刻不想念我的同学、老师。钟老师，您知道吗？在我内心深处，一直藏着一个美丽的梦：我多想戴上鲜艳的红领巾，成为一名光荣的少先队员啊！可这永远也无法实现了，嗨，谁叫我当时没有完成作业让您生气呢！"

那天，我像往常一样检查学生的家庭作业，检查到丹怡同学的时候发现昨晚的作业她竟一个字也没写，我气坏了，把本子狠狠地摔在地上，不问青红皂白地批评她。

丹怡同学惊恐地抬起头，结结巴巴地解释："钟老师，我不……"

"不做作业，还狡辩！"我火冒三丈，一下子打断了她的话："你，你别想入队了！"

顿时，她愣住了，眼圈红了。

可是，我万万没有想到，半个月后，她竟随父母移居美国了。看完这封信，我才知道她当时没有完成作业是因为发了高烧，那天，她还是带病坚持来学校上课的呀！

我的心被强烈地震撼了：多好的孩子，多么纯真的感情啊，即使远离故土，可她依然深深地眷恋着我们的少先队组织，她的心依然和祖国紧紧连在一起。

于是，我把情况向大队部作了汇报，大家被深深地感动了。为了那颗诚挚的童心，特别批准她为少年先锋队队员。一条鲜艳的红领巾飞越千山万水，寄到了丹怡同学手中。

很快，我收到了她的回信，信中夹着一张彩色照片：在一片绿茵茵的草地上，一位漂亮的小姑娘身穿雪白的连衣裙，胸前系着那条鲜艳的红领巾，她正深情地行着一个庄严的队礼！照片的背面写着：敬礼，老师！敬礼，队旗！敬礼，我亲爱的祖国妈妈！

选自《散文》2000年第8期

肩的祭奠

张立先

父亲瘦弱，却偏生长在鄂南之穷乡僻壤，这真是命运捉弄。在垅田里犁耙播种，凭力气吃饭，遭罪的最主要部位，便是那柔弱的双肩。从垅田里担起的是稻谷草头，连泥带水，一百好几十斤，双脚得在泥田里艰难跋涉；从山坡上担起的是麦草芝麻黄豆油菜柴禾之类，样样重量都不会低于自身体重，那担子不时地从左肩换到右肩，又从右肩挪至左肩……肩无言，却脱皮、青紫、肿胀。小时候见父亲龇牙咧嘴挑着担子哼哧哼哧来去，心里就好一阵酸痛，就恨不得一下子长成彪形大汉，用我的肩去替换父亲的肩。

一晃几十年，我也成为父亲了。可我的肩仍旧替代不了父亲的肩。沉重的生活负担倒是没能把父亲的肩膀压软，但老人家年轻时笔直的脊梁，被岁月磨砺挤压得成了弯弓。时至今日，这张“弓”仍旧绷着，支撑着肩，担水挑粪，忙碌不停。

那是1960年，父亲被选派当了工人，每月有50元左右的收入。可他怕一家老小挨饿，便当了“逃兵”。到“割资本主义尾巴”的时候，父亲便感到委屈起来：先是成片的桃园被没收，碗口粗的桃树被砍了；接着便是菜园地的萎缩、猪圈的由大变小、由小变无……在十一口人靠父母挣工分吃饭的年代里，父亲的肩超负荷载重——谁叫他是父亲、男人呢？！

70年代初，我已跳出农门，由县京剧训练班入伍。退伍后回到农村，用双肩在生产队挣了十个月的工分。在肩头疼痛难熬的日子里，我深切地感受到了父亲内心的隐痛和父亲双肩的神奇力量；也只有在艰难的岁月中，我才真正意识到做人，尤其是做男人肩上的责任。

自我参加工作，迄今已逾30年了，老屋的容颜一如既往，侄儿侄女渐渐长大。苦日子的确熬出头了，可我们对父亲的双肩，做何表示呢？

就默默地做一次虔诚的祈祷吧。这种发自内心的祭奠声，父亲的肩膀，一定能“听”得到。

选自《散文》2000年第9期

婵

陶粲明

婵是个美丽的女孩，如同她拥有的名字。

她坐在教室第六小组的最后一个座位上，静静地，睁着双水汪汪的有栅栏般黑色长睫毛的眼睛，却从不跟大家一起朗读，也从不举手回答问题，只在一句有趣的说话或一段生动的讲述之后，露出一种鲜花初放似的会心的微笑。

每天面对婵，就像面对高山上一泓如镜的湖水，或面临一道亘古无解的难题……她仿佛对一切文字或数字没有兴趣，也没有记忆，但她却能看懂我目光中隐痛的含义。

三年级刚接这个班级时，前任班主任特别介绍了婵，语气轻松："她是弱智，用不着管的，反正不算班里成绩，拖不了后腿的。而且她很乖，不碍事。"

第一眼见到她，我想，上天一定弄错了：这个女孩本该是山涧清泉边一株馥郁的丁香，抑或是茵茵芳草丛中一支馨香浮动的百合。她太好看，太精致；就是上课我也会忍不住多看她几眼。

该教她什么呢？

我教她写"云"字。我读一遍她读一遍，我写一遍她写一遍。后来，嗓子哑了，手也酸了，看"云"也不像"云"了，婵在白纸上仍写不出那四个简单的笔画。无声中，她的眼泪一颗颗滴落在衣襟上。“老师，对不起，老师，对不起。”她哽咽着，重复着。

其实，这不是她的错。大概她本身就是一朵飘浮的云，在碧海晴空里打着温柔的结……

那以后，一踏进教室，我就敏感地觉察到来自婵的近乎热切的目光，这使我感到惭愧和无奈，我于是惟有卖力地讲课，奢望能时常见她一笑。放学后，叫婵到办公室来听我朗读，读《新月集》、《飞鸟集》，也读《少年文艺》上的小故事，冥冥中期待着奇迹的出现。

一个学期下来，失望如泥沼让我越陷越深。婵的试卷上，依然令我不敢正视地悬着“红灯”，依然是不着一字的洁净。想着她上课专注的神情，我的心，不禁沉沉下坠，在一条黑夜的路上，辨不出努力的方向。

无数次相邀，婵行色匆匆的父亲终于姗姗迟来，忙于生意的他没心顾及女儿，他还有一对健康的儿女，聪明可爱。“你就别费心了，让她跟班就行，她是蠢，我也没办法。”

“不许这么说婵。”面对那个应该最爱她的人的冷漠，我的眼泪夺眶而出。

婵的父亲哑笑着留给我一个模糊的背影。在体味生命被窒息的苦痛中，我仿佛看到一朵鲜花还未开放就将枯萎。戚戚惶惶地坐着，心慢慢被黑夜笼罩。

好些日子，心灰灰意懒懒，课也讲得有点无精打采。

婵一如既往地在写作业时充任后勤，铅笔借给了他，钢笔借给了她；在大扫除时最后一个离校；课间，她的橡皮筋、长绳或画书之类，永远都在别人手中，她只是看着，满足的样子叫人心酸，她似乎并不在意许多得她恩惠的同学对她的不理不睬或冷嘲热讽，她安静地生活在自己的世界里，我想，那该是一个怎样干净无瑕的世界呀！

放学后，她常常背着不到三岁的小弟弟在校门口徘徊张望，对准时出现的我绽放灿烂而羞怯的笑靥，大声叫着："你看，老师；你看，我弟弟。"

有时也会哭着告诉我"弟弟病了"或"爸爸打我"。

一天又一天，看着婵在阳光下行走，没有阴影，也不曾蒙尘。

"婵，别上学了，去学学种花种草做菜剪裁，去打球去做你能记住的事。"为了她的明天，也能在阳光下温暖着，我提出了种种建议。

"不要不要，老师，我喜欢在教室里，我记得你呀，还有好多同学。"她仰着脸，一副被吓坏了的模样。

就这样，婵的身影依然闪现在校园和教室里。一到测试，揣摩她用怎样的毅力去厮咬那些"难题"，真实而虚幻，那是她一生的"难题"呀！

渐渐的，学校订阅书报或发放早点、打防疫针、体检之类，时常会漏掉婵，漏掉她诗意的名字，她在被一点儿一点儿地淡忘。她的名字，似乎已没有人再呼喊，不被需要，不被唤起，也不被谁思念。对一个越来越美丽，身体越来越成熟的女孩，这是一种可怕的残忍。

婵更孤僻了，连笑容也显出些不自然，偶尔一场暴雨，她便撑着伞带着少见的快乐笑脸，一个个将附近同学送回家。她的名字在泛白的雨帘中传递着，融化着，又随雨滴坠落。太阳出来后，便了无痕迹。

婵对帮助别人近乎奢望，如果让她送一趟作业本，她的脚步一天都是轻快的。她的出现让人感到一种如饥似渴的等待，等待被需要。这是为了印证一个生命的存在吗?

毕业前夕，婵很长时间没来上学，一个沁着凉意的早晨，她捧着一盆绿得极鲜亮的草叶到我房间。

“老师，这是我种的，送给你。”婵把花盆摆在我书桌前的窗台上，“我明天要回老家，爸爸说再不能回来了。”

我无言，婵的脸上，是一片瓷样的白。

“老师，给我一张照片，好不？就这张？在后面写上你的名字，我怕有一天会不记得。”婵怯怯地指着玻璃板下一张普通照片，一字一顿地说。

她哪里认得我的名字呀。我不敢说，抖抖地写下我的名字，眼泪潸然。

从此，再没有见过婵。我不敢去追问她的快乐与悲伤，她的未来和幸福，她会在哪里过着怎样的生活。

星夜，我常凝视满天繁星，思量哪一颗是美丽失忆的婵，她的光彩真的无法用凡眼欣赏吗？上天造物，自有道理，可又有谁能告诉我，婵，在哪里？她，究竟是谁？

选自《散文》2000年第10期

那段岁月那首歌

王晓明

那时我正在部队当兵，和排长两人住一个寝室。一天深夜，军营已经沉入了甜甜的梦乡，我突然听见排长在黑暗里轻轻哼起了一首歌，声音很低很低，可那旋律却实在是太美了。

于是我悄悄起身，轻轻发问："排长，你在唱什么歌？"

排长长得高高大大，平日里总是威风凛凛，可这回却吓得浑身哆嗦，好一阵慌乱之后才说："我，我没唱什么呀。"

"可我刚才明明听见的呀。"

排长怔了一会儿，才嗫嚅地回答："小王，快别问了，那是支……黄色歌曲。"

"黄色？"我一下子惊得瞪圆了眼睛。

"是的，"排长说："这歌的作者资产阶级思想十分严重，竟然愿意让自己变成一只羊，让女的拿鞭子去抽他。"

"哦，"我听得似懂非懂，就说："还有这样的事，真是反动。"

两人都不再吭声，我又重新默默躺下，屋里又恢复了浓重的宁静。可是睡意已远远地逃到爪哇国去了，耳边仍然有刚才听到的那阵歌声在流走，朦朦胧胧，一阵阵痒痒地撩拨着内心某个隐秘的角落。

我终于忍不住了，翻身下床，说："排长，再唱给我听听好吗？一遍，就一遍。"

排长显然也没睡着，淡淡的月光映着她那双格外明亮的眸子，一阵沉默之后，他说：“好，我唱，不过你千万不能告诉别人。”

“向毛主席保证！”我说。

又是片刻的沉默，随后他轻轻地唱起来了：

在那遥远的地方，
有位好姑娘，
人们走过了她的帐房
都要回头留恋地张望，……

仍然是那间简陋的营房，仍然是那片沉沉的夜幕，那歌声就在这夜幕里飘荡着，一直飘进了我的心房。渐渐地夜幕在褪去，我的眼前出现了一幅动人的景象：一片绿绒毯般平展的大草原，一群雪球般滚动着的羊羔，一位美得炫目的姑娘，手里轻轻挥舞着一根小小的皮鞭……

美啊，太美了！

排长唱完了，可我们谁也没有开口，好像一开口就会打破这美妙的境界，让这甜美的余音早早消失。

一会儿，那歌声又响起来了，排长再一次唱起了这首歌。

那一夜，我们唱了很久很久……

选自《散文》2001年第1期

父子情深

李　石

当儿子五岁时，父亲已和母亲分手。父亲拉着儿子的手，走在回家的路上，问道：

“爸爸最喜欢谁？”

儿子爽快地答道：“我。”

父亲又问：“为什么？”

儿子说：“因为我是你生的。”

顿时，父亲的内心五味俱全。

当儿子八岁时，父亲与儿子并肩向前走着，父亲又问儿子：

“爸爸最喜欢谁？”

儿子平静地答道：“你。”

父亲问：“为什么？”

儿子回答：“因为你是自己心中的神。”

父亲听后，一整天都在茫然中。

自那以后，父亲再也没问过此类问题。

选自《散文》2001年第4期

唱给母亲的歌

朱东旭

第一次睁眼看世界，我最先认识太阳，还是月亮？妈妈说：你在夜里出生的，首先浸透了月亮的柔和，而你又在第二天早上睁开眼，又首先承接了太阳的辉煌。我说：那么谁先亲近我呢？

妈妈甜甜地笑了：是太阳和月亮同时拥有了你。

很早就听说，月亮是母亲，太阳是父亲。我是先喊妈妈，还是先喊爸爸？妈妈说，第一次听你喊妈妈的，是爸爸；而你第一声喊出爸爸，却是妈妈听见的。

在我故乡那个古老的宅里，有一个小小的竹编摇篮。母亲下地去了，我倾听村边的流水之声。奶奶的手里摇晃出太阳的灿烂和月亮的宁静。奶奶累乏了，睡去了。小姐姐摇我，在我四周，五颜六色的花朵把我拥簇。小姐姐上学去了，风来摇我，鸟来伴我，知了、蝈蝈给我唱歌，那是一首首浸透我血液的摇篮曲。

选自《散文》2001年第6期

有谁还需要回去?

黄　海

当我咬牙切齿地发誓要离开村庄的时候，我知道自己真的没法回到以前了。而我十年后说出我一定要回去的时候，我心里没有任何准备。

我一回头，一撒手，春回秋来，十年，那山，那水，遍地芦花的河口，我的下黄湾，还是那水水的村庄，烟烟的村庄吗?

父亲来信说，我走了以后，那条闹得最凶的狗老得不能动了。它和我的父亲一起把我送到黄昏的站台，它摇头摆尾地叫。我记得那时候，陌生的人路过村子，扔十块土巴，那条狗还会紧追不放。而现在，它任你再大吼声，雷都打不走。这条狗从未远离过我的村庄。它不像我前足一起，十年都没法回去。

现在，它躺在院子的门口，懒得叫了。有时，顽皮的孩子踹它一脚，它连头也不抬，对此不屑一顾。孩子们拿它没一点办法。显然，这条狗和一村的树、鸟、杂草，还有那些上年纪的人不需要再动了。只有他们永远留在了村庄。

而我又能跑到哪儿呢?

——我能比风还吹的更远吗?

——还有那一村的泥土，又能迁徙去哪里呢?

它们不可能动弹。它们最多随着水声，随着风声转一圈，又回来了。去年的那场大水把前些年被风刮走的黄土又带回了。秋黄的落叶，被风刮到房顶，又落在泥土的院里，没有谁愿意走了一趟冤枉的路还不返回。

而我最终只是抽空回去看一下村庄的人，他们年纪大的或小的已经认不出我了。

孩子们把我围了一圈，他们不停地问：找谁呀？我带你去。

老人用迷茫的眼神打量着我，在想这是谁家的娃啊。我称呼他们，他们侧着耳朵什么也听不见。也许他们老得连我的声音都分不清。他们笑了笑。

真庆幸我的父亲母亲还在乡下，有他们，还有一村我的乡亲，尽管有些老人不认得我，他们还能在我的母亲面前说起我的乳名——

是不是你家那个叫二狗的娃上了大学，好久没回来了？

二狗去年回来还喊你大娘呢，你都不认得他，哎……

村庄早就离我而逝了……

村庄的人走的走了，老的老了，留下坟茔真的永远呆在那里。远远地望去，像水牛拉的一堆粪。到了每年的清明，没人把它当做一回重要的事情……不久，许多新坟在杂草丛生中隐去墓碑。更旧的那些没有墓碑的坟，你大概只能问问村庄的老人，或许他们能知道它是谁家的——他们的后人，可能因为路途遥远找不着村庄的路了。我想是的，在下黄湾，这样的事情还有，只要人们设法走出来，他们总会把这样的遗憾丢在那个曾经是梦想的地方。或者打算回去，却只是个陌生人，连指路的人都不知道你要找的人就在这个村子。他们，他们会把你置之不理。十年，到底跑到哪儿了？那棵小矮树长得让我一点儿印象也没有，而草还是恣意地伸向河床……我认得它们了,风吹动它们,这些草在我的脚踝蹭痒痒啦。

没有任何改变的是一个人对自己村庄的认识。

不管它们怎么改变，活着的——那些牛它们最多是老了几头,鸡鸭或多或少了,村子的人谁家娶了媳妇嫁了女儿,死了老人或生了孩子。多一个人,少一个人,与你关系不大,大不了,回到村庄,你不用叫出他们的名字。

下黄湾,我当初离开它,怎么没有丝毫的心理准备——我需要回去吗？我从没有这样问过自己。等一村的人都老了,还有谁需要回去呢?

我不得而知。

我听父亲打来电话:堂兄昨夜去世了,谁谁又抬进山里埋掉了。都是前不久的事情,父亲问我:回吗？——我怕,害怕自己抬脚踏进去,村庄又多出一条路来,更找不到自己应该走向的地方。

选自《散文》2002年第5期

旧　衣

陈　然

二十岁前，我们都是穿着母亲给我们做的新衣服；三十岁后，母亲开始穿我们的旧衣服。

那次，我们在家里整理衣柜，正为越来越多的新衣服没处放而越来越多的旧衣服又不知如何处理而发愁时，忽然听母亲在背后低低地说，把它们给我吧。

我们便疑惑着给了母亲。

其中的一件是我平生第一次穿的的确良。当时我还在读中学，家里很穷，可以想象母亲给我买这件衣服时是下了很大决心的，她似乎知道它在帮助她的儿子克服与生俱来的自卑和维护那点可怜的自尊心上的重要性。一件是刚参加工作时的毛料西服，当时正流行这种布料，母亲知道我在谈恋爱，便帮我在成衣店定做的，二十三块钱一尺，只是做工不太好，现在我穿起来当然又窄又小了，但当时，我是多么的欣喜若狂啊。一件是结婚时的棉毛衫（其实是晴纶的），母亲说，结婚是一辈子的大事，里里外外都要新的。还有一件是……

母亲把它们全搂到日头底下去晒，直晒到能闻出日光鲜甜而温暖的香气。母亲一件件地拍打它们，抚摸它们，像在上面寻找我们成长的痕迹和追怀逝去的时光。

母亲唠叨着：别看衣服旧了，我还能穿呢，丢了可惜。母亲果然挑了我那件黑毛料西服穿在身上。从没穿过西服的母亲现在一下子穿了件西服，有点亦庄亦谐的味道，让我们不知说什么好。但我忽然生出了内疚，忽然意识到自己从未想过给母亲买件衣服，也意识到在自己长大成人的同时，母亲却日渐干瘪衰老了。

我脸有些红，说，妈，别穿了吧，我给你买件新的。

母亲说，做娘的有旧衣穿，是好事，说明你们又有了新的，有什么难为情的呢？要是新衣服，穿在身上做起事来，反倒碍手碍脚的。

母亲便开始比较集中地穿我们的旧衣了。我的，妻子的，小妹的，有时庄重，有时时髦，有时鲜艳，有时土气。母亲似诙谐喜剧里的角色，只是我们，一点都笑不起来。

我们给母亲买了新衣，但她平时并不穿，只在逢年过节或有其他喜事时，才穿那么一两次。有一次，她到我们单位上来看我，也把新衣服穿上了。

她说，这时不能埋没了你们的人情，给你们丢脸。

还有的旧衣，她送给了村里家境较困难者或陌生的过路人。有一次我回家，母亲有些不解地说，几天前来了个“要饭”的，她见他穿得单薄，便想送几件旧衣给他，可他硬不肯要，只要钱和米。母亲说那些衣服还有半成新哪，我是挑了最好的衣服给他。

还有的旧衣，母亲把它们拆成片，用米汤裱褙起来，晒干，剪成各种式样的鞋帮，或纳成大大小小的鞋底。

那鞋底，都是母亲一针针用顶针顶过去的。

每年春节前后，我们回家，母亲总要塞给我们几双这样厚实的布鞋。

选自《散文》2003年第3期

老　头

谢慧黎

上中专时，老头是我们的班主任，姓陈，一副滑稽小老头的长相，所以不用商量，就都叫他老头。当然是背后叫。后来被他知道了，课堂上就说："有人不尊敬老师，背后喊我什么什么的？"

"老头！"我们异口同声地回答，并大笑。

老头有许多长处。

老头善推拿。邻班的男孩落枕了，脖子不能左转，他小试身手，据说立马见效，那男孩的脖子非但不能左转，连右边也转不了了。

老头善歌，会唱也只会唱"大刀向鬼子们的头上砍去"。唱得壮怀激烈，配以手势，右手"嚓嚓嚓"作切西瓜状。

老头善武。据他自己讲，练过，有盖世神功。他很谦虚，没讲笑傲江湖的事，只说起一次险遇。

月黑风高夜，他骑车独经一条狭窄的小道，转弯口一辆大卡车迎面疾驶过来。进，进不得，退，也退不了。左边是高墙，右边是深沟。千钧一发之际，他想只有甩了自行车，"飞"（注意，是"飞"）到卡车顶上，方可化险为夷。

结果自然是有惊无险。他也就没必要施展他的绝顶轻功。

老头有许多惊心动魄的经历。比如有一次遇狼。经过大致如下：

狼往路口一蹲，眯缝着红眼睛，专等他来。等他来了，好“啊呜”一口，吞下肚去。

他低头赶路，赶呀，赶呀。一抬眼，妈呀，是狼！他吓坏了。吓出一身冷汗。这不能怪他，纵使身怀绝技，遇到这不讲理的畜生，也是要怕的。

好在还没蒙。他背着只书包，把书包在头顶上抡圆了，抡成一圈白光，“呜呜”生风。

狼蒙了，这人头上怎么长台电风扇？

吃，还是不吃？这是个问题。这个问题狼想了很久，“电风扇”就一直转呀，转呀……不停地转。看了半日的杂耍，狼有些腻了，又无从下手，只得夹着尾巴，悻悻地走了。

故事到这儿，抖出个大“包袱”，遇狼的人不是他。他那是听说。

老头是教语文的。他教语文的方式我们很不以为然，无非是每次叫一个学生站起来，把课文从头至尾读上一遍，课文长些的读完也就下课了。

有一次读《王贵与李香香》，读到“王贵浑身扒了个光”时，读书的那位突然“扑哧”一声，笑出声来。老头很生气，喝令她坐下。换一个来读，仍是笑。最糟糕的是，读书的笑，不读书的也笑。而且是傻笑，没完没了。

老头勃然大怒。原因倒不是因为我们扰乱了课堂秩序，而是觉得我们的思想多多少少有那么一点儿不单纯：偏偏那么一点儿不单纯，又不便挑明。“有什么好笑？我就看不出有什么好笑。”

的确没什么好笑。

还有一次读《祝福》，就快读完，已经到柳妈问祥林嫂额角上的伤痕了。他止住学生。

“‘你那时怎么后来竟依了呢？’……‘啊啊，你……你倒自己试试看。’她笑了。”

这一段有些尴尬，他亲自读。

还好，没人笑。

也有有趣的时候。比如说到“苏子愀然，正襟危坐。”他就悲悲戚戚，满怀愁绪地整理衣衫。只是无处可“坐”。不要紧，意思到了就行。就那么一站，笔直笔直的。

说到“狼顾”，怕我们不懂，他就模仿。三步一回头，五步一回首。若不是鬼鬼祟祟的，倒像跳探戈。他特别强调，司马懿“鹰视狼顾”，走路就应该如此，电视上演的，都太不真实了。

老头爱猫。多半是爱屋及乌，老伴喜欢他也喜欢。家中养了只波斯猫，说起来，笑眯眯的。把猫咪的照片带给我们看。果然是雪白的毛，眼睛一红一蓝。

照片上他老伴是主角，猫咪也是主角，老伴坐在沙发上，猫咪蜷在她怀里。老头陪侍一旁，笑得憨憨的，很满足。

他属于那种好丈夫，好父亲。老伴身体不太好，做不了什么家务。这没什么，反正他能做。两个儿子，虽然有些懒，可天下的儿子都是一样懒的。

老头最崇拜的人是历史学家翦伯赞，每每提起，就会缩起脖子，眯起眼睛，微仰着脸，好像面前有万丈光芒。

有时上着语文课，他一高兴就给我们讲历史。他讲的历史不光有正史，也有野史，有些似乎连野史也不是。比如他说安禄山。他说安禄山是个美男子，美得倾国倾城、昏天黑地。像谁？他想了想，肯定地说："像费翔。"

只要是混血儿，就一定漂亮？不过，经他这么一说，杨贵妃和安禄山之间那点捕风捉影的绯闻就变得可以理解了。日后再看电视上的安禄山，大腹便便，满脸横肉，反倒觉得不像。

老头对美，是很有见地的。有一次，我们谈论起某部电影里的宋美龄。记不得扮演者是谁，反正那演员是当时公认的美人。我们说"宋美龄"真美。

老头听到了，说这也叫美？你们知道什么叫美吗？你们见过宋美龄吗？那才叫真正的美！他说得轻描淡写却又不容置疑。

我们没见过，可照片还是见过的。是美，可也不是绝色。有人就和他抬杠，偏说不是。

抬杠是我们的专才。你说东，那就非得是西。汪曾祺写过篇《读诗抬杠》。"春江水暖鸭先知。"有人说，"鸭先知，鹅不先知耶？""红杏枝头春意闹"，有人说，"杏花不能发出声音，怎可说'闹'？"对付这种人，汪曾祺给了个不是办法的办法，"给他一块锅饼，两根大葱，抹一点黄酱，让他一边蹲着吃去。"

那时的我们，是大有资格从早到晚吃锅饼的。我们不止读诗抬杠，事事都抬杠。不管老头有怎样的道理，我们的道理永远是鸭先知，为什么鹅就不能先知？

最后，老头有些急了。

老头平常不教我们什么做人的大道理，兴许教了，只是我们没往心里装。为人处事的经验还是教过一些的，这些经验，多属应用型。

比如遇到狗熊怎么办。按他的说法是不能躺下来装死，那样做太危险。狗熊见到一动不动的死人不会不闻不问，而是要验明正身的。被它那么一拍一弄，不成肉饼，也半死了，纵然救过来，也成了废人。办法只有一个，那就是跑。跑的时候风向是关键。应该顺风还是逆风？我记不清了，记不清也不要紧，我想是不大有机会遇上狗熊的。

还应该是逆风跑。记得他说之所以风向是关键，是要让狗熊的长睫毛被风一吹，倒拂进眼中，碜的慌，像得了严重的沙眼，狍熊忙着揉眼睛，脚步自然就慢下来。

此外，只记得他的临别赠言了。

毕业那天，先集中听校领导讲话。校领导说，走出校门后在恋爱婚姻问题上一定要慎重再慎重。他举例说前两届的某某男生，一工作就和单位里一个离过婚带着孩子比他大十岁的女人谈恋爱，居然还爱得要死要活，拆都拆不开。按他的说法，那叫饥不择食。

那时把爱情看得还是很神圣的，心想你怎么知道人家就不是至情至性之伟大爱情？最可恶的是，居然连“饥不择食”都用上了。

比之校领导的长篇大论，老头深沉含蓄。

他在黑板上大书八个字："情况不明，就地卧倒"。写完后回转身来，看着我们，沉默不语，目光里大有深意。

他有些担心我们的将来。我们学的是财会，珠算老师是个演说家，口才了得，说出来的话，总是那么鼓舞人心。也确有真本事，带出来的学生，常有些在全国的珠算比赛上得奖。我们被他鼓动得热血沸腾，于是埋头苦练，争取有一天能进国家队，参加世界杯，为国争光。珠算有世界杯吗？

老头也很信服，一有空就督促我们打算盘：掐表，计时间，算分，很认真。有时，甚至从他的语文课抠出时间来练习。后来，因算盘打得好而能进银行工作的，倒也有一个。

前景黯淡。这在当时就是心知肚明，心照不宣的事。

临别那日，老头长叹一声，要我们务必把这八个字铭刻于心：情况不明，就地卧倒。千万千万，切记切记。

这回，我们没笑。

好些年了，老同学聚首。忆起老头，最先想到的就是那八个字："情况不明，就地卧倒。"

我们都把这八个字记住了，记牢了。可那又能怎样？

有人把一大杯酒灌下去，说，好些时候，没等我卧倒，就先被别人揍趴下了。

说完后笑了笑。

我不说话，不喝酒，只是狠狠吃菜。吃着吃着，突然要落泪。

选自《散文》2003年第4期

母　亲

玄　武

我从来不记得母亲节，也不记得我母亲生日，这一点我有些恬不知耻；在时间中我总是盲目而混乱，总想活在时间之外，把很多物事置放于时间之外，包括孝顺母亲的想法，你看我多会找理由。我是这么丢三落四一个人，母亲自打我小时就在数落我，那时我心烦，盼着有一天她不说；她说着说着就老了，老得头发每天都在落，身子也不断在缩小，脸成了核桃皮。在那么多的岁月里我失去了孝顺她的机会，每念及此我就悲从中来。是我，她的儿子，她其他的儿子和女儿，以及我们所有人的子女，在帮着时间来摧毁她，在助纣为虐。我以为这是世间最不公平的事，但我母亲，那个乡村老妇人，她却会觉得幸福，平静而且自足。

母亲对我，一直很严厉，因为在她的孩子中，我是最不听话的一个，刁钻古怪，狂想联翩。在我六岁上，母亲打断了我一条胳膊，因为我做了她认为最不道德的事。现在我能看到她当时的样子，那是一个疯狂绝望的母亲，披头散发，悲恸扭曲了她的脸。这件事成就了我一生的道德观。一个绝望的母亲会怎样，现在我仍无法想象，也不敢想，那种恐惧始终在我自己的岁月中延伸着。这可能也是我母亲最惨痛的记忆之一。两年以后，大概在我八岁时，有一天夜里，我被母亲的啜泣声弄醒。她哭得很压抑很凄惨，那是静止一般的黑暗里唯一的声音。我伸手摸着母亲满脸的泪，我说妈你怎么啦。母亲的哭声突然大了起来，有些刺耳；她呜咽着伸手摸我的胳膊，说儿啊你以后可要听话呀。那夜我没睡稳，似乎始终有人摸着我的胳膊。现在的我知道，母亲在用她的一生，来懊悔失手打断儿子胳膊这件事。

但我从来没恨过母亲。从来没有。怎么会呢。哪怕我恨透了整个世界，这世界也不包括我母亲在内。我恨过爹，挨揍时想有一天揍他一顿；母亲打我时我却不会，只是幻想我死了，或者躲起来，让她再也看不到我。我记事很早，四岁多时，一次母亲抱着我四五个月的弟弟，领着我从姥姥家往回赶。六里地的山沟沟路，路上下开瓢泼大雨。母亲拉着我抱着我弟弟，深一脚浅一脚地往前跑。路上全是泥，像沼泽地；我记得母亲跌了一跤，她的手仍紧紧抓着她的两个儿子；然后她又跌了一跤。她浑身是泥，满脸的泪水和泥水。她几乎脱下了她所有衣服，裹住她的大儿子和小儿子，然后她抱起他们跌跌撞撞地往前跑。现在我看见了那个女人，她抱着两个儿子在风雨中呼号，叫天不应叫地不应；她赤身裸体地在风雨中紧紧搂着我和我的弟弟，她为了我们力大无穷，无所畏惧；她诅咒天诅咒地，为了我们不敬神明。她是我的母亲，我刚刚生产四五个月的母亲。我的泪已经流了下来。

母亲从不强迫我做什么，在她那里我能得到自尊。在我的青少年时期我主要在反抗我爹。这一点我想，很多人都这样。为了母亲，小时候我爱学习，虽然她并没有说过什么，她只是对我在学习上的任何要求，都尽量满足。在乡村那个年代，用鸡蛋换作业本，同学里我的作业本最多，我的文具最奢侈;但我母亲很穷。去赶乡村的集会庙会,她和村里的妇女们在人群中挤呀挤,看那些花布,她看了又看摸了又摸,黄昏回去的时候,她只买了我爱看的小人书和一些家用品。她一生没穿什么漂亮衣服就已经这么老了。母亲尊重我的老师,尊重所有读书人,这一点她和那些因溺爱子女去学校撒泼的农村妇女,有本质区别。我们那里很落后哪,我上小学时还没电灯。夜间我在煤油灯下写作业,母亲就守在我旁边纳鞋底。我写字很慢,到今天仍然如此;那时母亲就一直陪着我,大我三岁的姐姐,写完作业已睡了一觉,我仍在写,着急得哭,哭完又写。光线很暗,我母亲那里更暗。她的手被针扎了一下又一下,她一直要等到很晚很晚我写完作业,日日如此,次日晨她还要早早起来做家务,同样日日如此。

母亲,我的母亲、我们的母亲,她在为我们骄傲,为我们学习成绩最好而骄傲。我记得一次母亲和邻居妇女拉家常,我在旁边写作业。那妇女说:哎呀人家你会养娃,儿子闺女爱学习,个个考第一,将来一定能上大学。就连养的猪都长膘鸡爱下蛋。接下来我听到我母亲的声音,很谦虚,但因为激动和兴奋有点怪:呀瞧你说到哪啦,还是你家娃好,懂事爱干活。这时我抬头看我的母亲,那是一张洋溢着幸福和骄傲的脸,它成为我日后求学最大的动力,我想让我的母亲,能够时常有这样一张幸福的脸。一次期末考试我的成绩很差,我一路哭着跑回家,回家依然在哭,在房屋里间。母亲在外间陪着我流泪,她没有劝我,也没有责怪我为什么没考好,她什么也不说,为什么她什么也不说;晚上她为我做了最好的饭,那样的饭我们一年只能吃几顿。我还知道,做饭用的白面,是我母亲从邻居那里借的。

我流着泪想着这些，文章不得不时常停下来。我母亲若看到我这样，会责备我没出息。我曾有过梦想，让我的母亲，做世间最幸福的母亲，我没有做到，很惭愧。我曾经自暴自弃自我放逐，不把生活当回事，我知道我对不起我母亲，她希望我活得很好。我还曾想过，帮母亲达成一些愿望，看来也无法兑现了。母亲少年最大的愿望是上学，她上到初二，考进县立中学，那时进县中学，像现在上大学一样，连户口都转，每月给发几袋白面和几块钱。但我姥爷打她揍她，撕她的课本，不让她念。后来她给我说起那上学的日子，她说路上要经过一条河，河上没桥，有专门以背人过河为业的男人，母亲每次咬着牙自己趟过去。她还记得校园的路上有荷花，芳香地盛开着。这些成了母亲永久的遗憾和永久的记忆。我知道在梦中，她还会常常回到从前。我聪慧的母亲，她现在还能教我的女儿念英语单词，那是四十多年前的声音，一直传递到今天。

今天我就要起程，回老家接我女儿，看看我的娘和爹。我的娘已经很老了，近几年老得迅速，还会不断老下去。她的左手在疼，因为养大女儿；右手在疼，因为养大儿子；她的脚麻木总失去知觉，因为她的小儿子；她总睡不着觉头疼，因为看护儿女们的儿女；她全身都在疼痛，因为她全部的亲人。我用最恶毒的语言咒骂老天，他对我的娘不公；但我的娘如果要我敬神，我会停下来请他原谅。我的娘现在又老又丑又小，在我眼里却胜过最美的美人，胜过鲜花，胜过任何天神，胜过我所崇敬的荷马，但丁，或者玛格丽特·杜拉斯。对我而言她是世界的起源，光芒的起源。她老得眼也花了，看她长期不见的大儿子都陌生，一想到这我的心就疼；我终于写了我的母亲，要知道很长时间了，我一直在想却从来不敢写。我愿把此文献给母亲节，献给天下所有的母亲，尤其那些生来未能见到母亲的人，你们不知道有母亲像我这样的，那有多幸福。当然，此文首先要献给我自己的母亲。在她眼里我永远，是她曾经光屁股的儿。

选自《散文》2003年第6期

满眼稻梗(外一篇)

庞华坚

稻田里齐刷刷的稻梗直挺挺地站着，没有了稻穗的稻田平整如砖。遍天盖地的黄砖一块连接一块，在村前村后向最远的地方伸展。

望着这些刚刚收割完的稻田，一种复杂的感觉油然而生。一方面，稻田完成了它的使命，当然这种使命还将一季季延续下去，永远没有尽头，但现在它毕竟让农人最贴近地感受了丰收，这是多么让人感恩的事。另一方面，一种英雄暮迟的悲壮气息扑面而来。发芽、抽穗、受肥、拔节、灌浆，稻谷没有一天不在承受来自自身的鞭挞，一天天从发芽走向成熟。成熟本应是一件多么美好的事啊，而稻谷的成熟竟然是让镰刀拦腰而过，分离、倒下、死亡，期待被杀戮而升华生命！

由光秃秃而绿油油而金灿灿。所有生命沿袭的生命轨迹，一步不少，稻谷也不例外。然而，稻谷的生命却显然与众不同。它是以自己的倒下，扶起了人类的站起。因此，稻谷的使命并非在于其生长，饰扮自然，而在于以死亡滋养生命的新生。

这一种死亡与新生的转换，数千年来不可或缺。所以稻谷才叫稻谷，一叫千百年。

如今，稻田里的这些植物，再不能说是一株完整的稻谷了。它的完整被果断的镰刀一分为二。上半截送进了脱谷的机器，或被放置于石碾之下，接受更进一步的骨肉分离，然后还要遭受高温暴晒，脱胎换骨成为一种叫做“米”的东西，空气一般滋养着比蝼蚁更多的人类和人类源远流长的历史。下半截则留在稻田里，它的根须向泥土的四面八方使劲地伸展，稻谷的根须不理睬外界的袭击和变化，它们不因为被腰斩而有丝毫被折磨的痛苦和面临死亡的绝望。

让我们把目光放到更远处，那里还是一根根光秃秃的稻梗，直指天空啊。因这没有了重负和脱离了稻穗光芒的笼罩，这些稻梗反而比黄灿灿稻穗的饰扮下更精神更挺拔了。同时，我也知道，所有的这些稻梗，无论它们多么精神，多么挺拔，用不了几天，都将被焚烧，被翻起的泥土覆盖的事实。它们都将完全成为下一季稻谷的肥料，成为泥土中催促生长的那一部分。

但现在，满眼的稻梗直指天空，我感觉不出它们有任何后悔和恐惧，一根根，一片片，那么挺拔，那么精神！

绿

绿是一种燃烧的颜色。

站在盐坡尾村头的大榕树下极目远眺，满天的绿像一场大火在眼中燃烧。

当然除了绿之外，还有黄、白或其他颜色。就像世事一般繁杂、纷乱、没有章法和不可信。但对于此时此刻的盐坡尾，对于我，对于这一场自天而降的燃烧，其他颜色都可以忽略了。如同进入大海，进入深蓝，进入广阔、深邃和不可置疑的未知。一切的感知都是徒劳的、无知的和苍白的。数千年来，绿和红或其他的颜色并不在于定义的界定，而在于它们的表述，红代表什么，黄代表什么，我们一直以来不都如此表述吗？是的，这并不重要。

重要的是眼前的燃烧般的绿，它们漫天遍野，抽穗、打浆、成熟，每一个步骤节气一般准确无误，轰烈和壮观。然而，最后所有的一切都将变成黑灰，覆盖并将融进生长它们的土地。

一代代的人就这样出生、劳作、死亡着。盐坡尾就这么成为盐坡尾了。我也这么成为我。人和稻谷的命运在自然中是一样的。只有绿不变。绿催促着红更红，红喻示着红更绿。就这样。

选自《散文》2003 年第 9 期

思　茶

吴　浣

凝视着绽开在水里的叶子，一种记忆苏醒了。当然，苏醒的不仅是个人的记忆，还有一个季节的生机。那些叶子渐渐地青了绿了，仿佛又要跃上枝头，迎着春风笑语喧哗。风中流布着春的消息，茶原本也是来赶这个季节的，只是在流变中不无波折。

当一团雾气隐隐浮起，又渐渐地远离了丛林树梢，待雾气散尽后，林中一片明净。这当中，有一汪水域，清澈的水波倒映着层层林木，历历分明。清水无尘，只是沉淀着团团如盖的绿荫。在日光的映照下，鳞鳞水波蓄翠流碧，恍如梦幻。这不只是因茶而起的联想，却可以说是梦中到过的地方。

梦中的流连，会是在什么季节？春之后是夏，夏之后是秋，秋之后是冬，过了冬又是春，季节就是这样变迁的。茶在春天里被采摘下来，是因为光景最为鲜活。然后再经过蒸发，烘焙，直到收藏，茶的制作也相应地印证了季节的流转。在这个流转的过程中，茶于形态上似乎越变越远。其实只是风干了水分，待到因水而活，春光又舒展开来。如此也便春光常在，可以相伴着走过一年四季。

在故乡，习俗中有个迎春的做法，其实仪式也很简单。就是到了立春那天，要去山上砍来一棵茶树，这样就算把春天接回来了。凡万物都濡染了春的气息，却为何要选择一棵茶树，也许是茶树不仅能代表春天，而且还融入了日常生活。所谓柴米油盐酱醋茶，能于日常事物中品出季节也就是生命的痕迹来，这样茶就是可堪寄托的了。

小小的茶杯，仿佛一只小小的船儿，浮载着一怀情思飘向那绿水青山。茶山上，采茶女忙碌着，灵巧的手宛如捕捉蝴蝶，这便成就了戏台上的一出“采茶扑蝶”。其实劳作都很辛苦，只是不曾消解尽那点诗意。就有如那初生的茶芽，悄悄地把春光藏了起来，还可留待给以后长长的日子，有着无尽的回味。

回味的不只是一个季节，还有一个生命。生命在季节的流转中，难免也有一个被搓揉的过程，其间也可把诗意藏了起来，然后还能不断地激活春光。这就有如一杯茶，一杯茶也能表出大地上诗意的栖居。即便仍是梦中的相遇，感觉得并不遥远。更何况人生的选择中，这一杯茶毕竟实实在在，且分明就在眼前。

选自《散文》2003 年第 9 期

白蝴蝶花

佚　名

多年不见的一位朋友嫣到家中做客，看到一个精美镜框。她惊奇地发现，里面不是斑斓的油画，不是天然贝壳，也不是脉络清晰的树叶或须爪皆全的昆虫标本，而是一个简简单单的白蝴蝶结，像是医用纱布结成，这显然与她见过的所有饰品都不同。

嫣十分诧异地问："这是为纪念什么用的吧？这里面有什么深刻的含义吗？"

我微笑着说，当然！不妨猜猜看。

"你们家庭里有了新医生或者护士，以示对职业的尊敬……？"

我摇了摇头。

"知道了！一定是期望你的孩子将来读医科大学！"

我又微笑着摇了摇头。

"是啊，那样的话你满可以挂一个红十字。"嫣想了想，迟疑而同情地缓缓问道："不会是，你有亲人刚刚去世吧？"

我大笑，哪里！我的双亲都十分健康而且快乐。

嫣长舒一口气，"那么，"她突然兴奋地一拍巴掌，"一定是你得到了医生的精心治疗，为了记住他也纪念你的康复喽！"

我说，是，但不全是，还是让我来告诉你吧！

你可以猜到纱布的来源：我曾经接受过一个手术。

那个手术全然不是我想象的肃穆、无情，却是在精彩的对话与欢笑中度过，开心而充满关爱。时间是怎样溜走的，我浑然不知。当医生为我敷好伤口，柔和地示意并帮助我从手术台上下来时，我竟然还沉浸在愉快的氛围里不肯出来，有种看电影到高潮处却要换胶片的感觉。

为避免弄脏衣服也为了让我更舒服点儿，医生特意为我加了块棉垫。

"太丑了，协和的垫子怎么可以这样呢？请换一块。"

我已经习惯了这位医生，整个手术过程都是这样，事事不肯迁就。

望望背后墙上式样简洁的钟，十一点四十。我很是替医生着急，手术中听说有位病人一定要等他，已经挂了他的号，也为自己讨厌的病侵占了他的午饭时间而感到内疚，一心盼着一切赶紧结束。

护士在旁侧收拾手术用品。医生亲自为我裹棉垫，之后就可以离开去接诊那位病人了。

为把这块漂亮的棉垫固定好，纱布从左腰到右肩，又从右腰到左肩，绕了一圈、一圈，一圈也不肯懈怠。

缠了半天，我想该差不多了吧。

"转——过来！"医生的声音有着诗般韵律，又带着点不容置疑。

尽管我们从第一面到现在，接触的时间合起来不到三个小时，我还是听出了深深关切，仿佛还有一点小时候父母才会给的娇宠。于是乖乖地转过身。

他轻轻蹲下身，好比我低一点。我俯视着这位医生，身材清瘦，看不清脸庞，只见口罩外专注的眼神。

他惯拿手术刀的灵巧手指，把两节纱布头一绕一拉，熟练地打了个结……秀气而小巧。比想象的好太多！我松了口气。

一切完满结束，正要离开……

“别动！”医生没有说话，是他的双手告诉我的。

这双手并没有离开，他修长的手指把那个纱布结皱着的四个边角一一舒展开来，整整花了几十秒。他全神贯注，甚至有些慢条斯理，我简直觉得他有点是在浪费时间。

最后，看了眼自己的杰作，他才微笑着抬头，自豪而和蔼地问我，“怎么样，像朵花吧？”

真的，一朵洁白耀眼的蝴蝶花，恰到好处地缀在我右腰间交错的纱布上！

我一下子一个字也说不出来！

我完全有理由相信，我的手术是在一位绝对负责任的医生手里做的，白蝴蝶花为证！

为我做手术的，正是这家医院的院长先生。

如今，这朵端端正正镶在古色镜框里的白蝴蝶花，无时无刻不在诠释着两个字：“极致”。凡事不做则已，做，就一定做到最好。它激励着手术那天连医院都找错过的曾经的小马虎，它给我的简直比院长先生亲手为我解除病痛意义还要大。

嫣叹道：“送我一朵吧！如果每个人都做到极致，这世界怕早就大不相同了！”

选自《散文》2005年第2期

简单游戏

张小失

宇微忽然竖起一根蘑菇般的小手指:“爸爸,我们都是小白兔!”我愣了一下,装出好欢快的样子,拍手又蹦又跳:“我是老白兔,你是小白兔?”宇微说:“好的,那我们玩吧!”就将小手放在头顶扮长耳朵,一蹦一蹦地前进。

不足四岁的女儿在前,我在后,两只“兔子”蹦来又跳去。冬天的树林没有绿荫,没有花草。但有那么一串串幼稚的笑闹声点缀干冷的空气,让世界充满盎然生机。

很久以前,我可能玩过这样的游戏,但而立之后的岁月,已使我淡忘了许多幼稚的欢乐,此刻,是在小兔子的倡议下,老兔子才拾起一段简单而美好的时光。我蹦啊跳啊,两只大手在头上招啊摇啊,心中满是忧伤的感动。

是的,我是一只兔子。昨天,小兔子得到两只气球,说:“爸爸,我们来打仗!”就将一只气球交给我。“呀!呀!呀!呀!呀!”她边叫边用气球打我的气球。我“嘿哈嘿哈”迎战。斗到酣处,小兔子说:“爸爸,你蹲下!”我就蹲下。“呀!呀!呀!”小兔子用气球拍我头。“嘿哈嘿哈!”我用气球拍小兔子的鼻子。小兔子妈在一旁嫌吵:“你们干什么!”小兔子欢快地说:“我们在打仗嘛!”老兔子跟着说:“就是,没看见我们在打仗嘛!”

简单游戏中蕴藏着简单的欢乐，这种欢乐在成人世界中类似一种化石，如果没有小兔子的指引，我将无法开采。例如“藏猫猫”——成人在现实生活中的“藏猫猫”，可能意味着某些凶险，而小兔子那天的“藏猫猫”却是对人生的一种点化——

“爸爸，你装睡着，快睡着！”小兔子瞪着一双天真的大眼睛。“好，我睡着——呼噜，呼噜！“老兔子闭上眼，耳边响起一阵窸窸窣窣的脚步声。“好啦，来找我吧！”小兔子在远处喊。老兔子一睁眼，就看见小兔子站在墙角，笑得那么神秘。但，不能就这么找到她，否则她多扫兴？于是，老兔子只好抬头望天，问：“咦？人呢？哪去了？找不到了？找到的话，我要吃她鼻子！”小兔子紧张地笑出声：“爸爸，我在这儿！”老兔子恍然大悟：“哈！在这里！我要吃你鼻子！”小兔子撒腿就跑，老兔子伸手就抓住她，狠狠地亲她鼻子，亲得她呀呀叫。

就这么简单，简单得没有一丝杂质。生活在小兔子那边，就像“藏猫猫”一样，一切以欢乐为本，“藏”，只是一种象征。如果以“藏”为本的话，那么，一切欢乐都只是表象。

据说许多伟大的艺术家、哲学家都有一颗童心。但人们通常是从“好奇”的角度来理解这颗童心的，似乎有些功利，因为他们将伟人的童心服务于伟人的事业了。我倒是愿意相信：这些人类文化的创造者天生就是些老小孩，他们在超越了人世的庸俗斗争后，一路狂奔向他们内心的热爱，在貌似简单的游戏中建立了他们厚重的欢乐帝国。

选自《散文》2005 年第 8 期

腊月正月

惠　雁

一到腊月正月，那扭秧歌的、迎亲的队伍就稠密起来，每一阵响动来了，母亲都要撵出去看。这些日子是母亲的清闲时间，所做的活儿就是纳鞋底。往往是这一队秧歌看罢，回来还没做了几针又赶忙地放下针线出去，就像一个不专心于学业的孩子。

那些年的我，正是一心向学的高中生，身清贫而志清高。看着一向埋首料理家务的母亲这样不止一次地往返看秧歌，很不以为然，并且心里想起了当时最有鄙夷不屑意味的一个词：俗。

终于，在一个相似的场景里，当母亲正和我们说着话，听到迎亲的唢呐声，母亲慌忙要走出门去；见我依旧半躺在炕上读书，母亲说，你不去看，走，看看去。

这一声招呼更叫年少的我觉出了母亲的俗，我终于开口了：

“不看，那有个什么看头；妈，你不要去了。像个什么！”

语气尽管低沉、缓慢，但语气里对母亲的轻视、甚至反感是丝毫没有掩饰的。

我怎么都料想不到母亲当时那样强烈的反应。母亲就像一个做了错事的孩子一样突然灰下脸来，无精打采地靠在炕栏上，身子像是突然低下去了一二分，眼里顿时蓄满了泪：“我把你抚养大了，你倒来管我了；你不晓得你妈妈光身子一身棉衣就叫你大大哄来了，就来了两个干老汉算是引人哩。灰沓沓地，死悄悄地，比送个死娃娃还不如。”

母亲一边说，一边哭，一边使劲地纳着鞋底。

我知道我错了，我年轻得过了，我清高得过了，我高雅得过了。

我挨过了家门口渐迫近渐响亮的唢呐声，挨过了母亲的泪水。

等家人回来。我们谁也没有将这事告诉别人，但等再一次迎亲的唢呐声响起时，我和母亲总是借故互相走开。

很快，我离开家上学了。

年年有一个腊月，年年有一个正月，一年年的正月腊月里，一茬茬的新媳妇在吹吹打打中从村道上走过。我并没有在意这些，以为是再平常不过的，就像春天必刮风，冬天要下雪一样自然。

一晃将近二十年过去了。

有一天，当我不得不从秧歌队近旁走过时，突然间，像被针刺了一般，我想起了当年母亲看秧歌，看迎亲队伍的事。

想起这件事的时候，我也将近四十岁，正是我上高中时，母亲当年的年龄。看着自己一天天长大的儿子，我一年年地觉得自己是正走着母亲走过的路，一天天地体会着母亲曾经经历过的心情。我很希望我的儿子能去看看过年的秧歌，天气那样好，扭秧歌的是那样具体而生动的真人。

母亲的心思，只有在自己做了母亲之后才能了解，体会。

真的好想陪母亲看一回城里的秧歌，那气派一定会让母亲赞叹；真的好想陪母亲看一次城里的迎亲队伍；母亲一定会感叹说时代真是不一样了。然而，当我对母亲说起这些的时候，母亲却说："那有个什么看头，还不就是个秧歌。"母亲说："结婚过光景是一辈子的事，平平常常就好，就是最大的福气！"

母亲是一点也不记得当年女儿对她的伤害了。

真盼望母亲的家门口，年年都有一支又一支热闹的秧歌扭过，一支又一支迎亲的队伍吹吹打打地走过。

让我已经年老的母亲一次次地观赏、体会这平平常常的欢乐。

选自《散文》2006年第8期

长安之书

耿 翔

长安之书

从唐朝传下来，一卷由诗人，沿秦岭的北坡挥手裁成毛边的书，被谁陈放在关中的心脏。

长安之书，把怀抱陶罐的女人写在扉页。

让我第一眼在刻满人面鱼纹的半坡上，俯仰天地，获得一个阅读母亲的角度。

背靠遍地桑蚕，长安啊，有足够的丝绸，替千里沙漠披一身唐装。

长安之书，让我一生埋头唐诗的地图，把渭水目送到黄河，把丝路目送到大漠，把雁塔目送到隔水樵夫的砍柴声里。

沿着唐乐流失后的坊上，谁能轻松打开一部纸上长安。

但我愿意，坐在丝绸也无法装帧的碑林里，和做毛笔的民间工匠们，倾听长安，留在书衣里的呼吸。

长安，另一种声音

空对夜色，我不敢发出细草的声音。而把卑贱的呼吸，彻夜放在城市睡去的阴影里，是一群农民兄弟。

只要愿意，乡下的风物，都残留在他们的表情里，玉米或小麦的香甜，足以帮我抵挡脂粉。

他们不知道，十年前，我在泥土里挥汗锄禾时，想过长安的声音，是一片唐诗的声音。

从白天退出来，跟着一群农民兄弟，我突然看见，那块寄放在父母之乡的泥土，微缩在一个人低下去的背上。

长安啊，让我从卑贱者的呼吸里，用心倾听你带有气象的声音，是谁喊我一声兄弟。

纸上长安

纸上长安，被月光照着，被酒杯，举过大雁的头顶。谁带血的笔墨，临摹完千年的风雨，还一片苍茫？

我站在一个叫龙首的村头，想用一枚骨针，沿着地理的断裂带，缝合周围的山水。

大地的沉重处，需要沉重的声腔，把人群的底气吼出。沿着黄土大道，点击季节的伤口，我看见酿酒的高粱，围城燃烧着。我练习过的所有汉字，韵脚一样，押在青灰色的城堞上。

土门，遇见民间诗人

坐在一堆废弃后的水泥里，他冰冷的目光，越过长安表面的诱惑，在土门一隅，带着一身的伤逝移动。

或者停在对面的草坪上。

离开泥土，他不懂得废墟上的吟唱。

所有背离乡村的日子，都在汉字里，帮他跨越城市的门槛。

而沿着唐诗的一卷地图，打开他歌喉的鸟，早已飞远。

像一个卷走夜色的女人，他隐居多年的爱，也被谁从土门的伤感里，一夜卷走。

藏在内心的诗，只有等待最后的成熟。

月全食

长安今夜的天空，挤满复杂的眼睛。

今夜月全食。

这条传递在末班车上的消息，让一群从白天走出来的人，想起退到墨一样的天空下。

就像我，被谁从手上取走最后一部家书，还要留下一个阅读者，自由的盲瞳。

今夜月全食。挤在一群场景见证者身边，我真的忘了，月亮今夜悬浮在地球的哪一面？

让一片纯银的夜色，在月全食踩灭天火时，突然死去，又突然复活。

也让长安，陷入慌乱的脸色，恢复一位美人原先的光彩。

春蚕

沿着平原的出口，长安春蚕，在谷雨中铺开的桑叶上，尽情倾吐着东方的丝绸。

并且向西，吐出一条丝绸之路。

千年过后，吐丝者的灵魂，是否还在平原上转世？

寻着长安，失去的机杼之声，我大声责问满脸苍茫的关中。

在它断流的河湾上，一棵桑树，像一位幽怨的蚕妇，只有守在荒芜里。

长安春蚕，我用悲喜藏入心中的激情，绝不能在长安放凉。

谁能够从丝绸上触摸东方人的脉搏，我就称他兄弟，就在李白像蚕一样吐丝的长安，为他举杯。

这些年在长安

这些年在长安，只要我抬头，就有一个人的影子，或一个人，执意诵诗的声音。

这些年在长安，我像一位用身子守护亲人的人，碑石一样的背上，落着长安的阳光，也落着长安的月光。

而嵌满箭伤的城墙，带着比箭伤还深的隐痛，排列在飞鸟，省略过的天空，像另一部唐诗。

只要我打开，就有从源头，滋润长安和我的一脉圣水。

让我把一身的隐痛，从心的原点上放下，让我对陪伴我的人，把仰望长安的目光，成倍地聚集到她的脸上。

长安的细节

从雁已离去的塔上，我知道让自己，毫无牵挂地走下来。内心的微澜，不会被一座断代的塔，久远地掀动。

这双打湿过天空的目光，要么苍白地闭上，要么移向，一只飞鸟单薄的翅膀，跟它在长安的雨巷里，听泥水的声音。

靠近城墙，我看见一株桑树，正守在城市的缺口。

让我从仰望到的，动感的事物里，细心抽出，长安的细节。

布匹店

没有土地的长安，需要土地一样的布匹，覆盖或温暖。

它日夜晃动的身子，被春风一层层脱薄，又被秋风，一层层加厚。

布匹店，守候在长安最爱转弯的街角，像另一种土地，专为欲返自然的市民，出售纯棉的爱情。

一把铁打的剪刀，一根木制的尺子，一块棉织的布匹，被一群穿插出乡土气息的女人操着，随意裁剪。

阳光移动，她们绸缎的影子，被拉长在土地一样的布匹上。

而土地与棉花，棉花与布匹，布匹与长安，这些物质之间深藏着的关系，她们不懂。对于这里，她们只懂一块布匹，比一堆粮食重要。

于是，她们的剪刀，沿着长安的胸围、肩围和腰围，移动下去，热爱下去。

西安时间

这是我日常生活中，享受得最充分的一盏灯啊：西安时间。

像那些残存下来的塔，劈开天空的锋芒，会把大雁，一路驮来的梵音，按时传入泥土。

接纳这些日光的流影，我需要一生的欲望，甚至让身体漂浮到一条倒淌河里，用激情触摸那些还在半坡，与女人一起沐浴的陶罐，或在地下，遭遇牧羊人的秦俑，或在城墙，闲听泥埙的箭楼。

西安时间，这被钉上蹄铁，从大地圆点出发，像我在梦中曾抚摩过的昭陵六骏，关中这一册山河，盛开在它们蹄下，是一座殷实的天下粮仓。

渭水的走向，秦岭的走向，都是大地整体的走向啊。

西安时间，让我风追司马，能找到黄河，响亮在史记里的渡口。

其实，我生命深处的，众多细节，都在西安时间里走动着。

就像祖脉中的一处旧址，快乐地布满了流年的伤痕。

忧心秦腔

像一些古典的庄稼，被活活地挤出泥土，也像一些古典的人，被迫着离开家园。而在集体流浪的路上，我看见一些人，或许还有一些物体，背负着一些古典的秦腔。

这像在陈年里叠起的补丁，被反复缝制在秦人土布一样粗糙的身上，背着很沉重，卸下也很沉重。

但被日子打磨得愚钝的心里，不能没有秦腔彻底的折腾啊。

活动在骨头里，也是一板唱腔，或一阵响器淹没下的喘息。

而在长安，堆积遗物的城墙根，被挤出时尚的秦腔，依然被一群人集体收藏。

他们可以褪去，身上每一件多余的饰物，就是不想退出，这里的每一个夜晚。

这时，我多想忧心地喊住，路过长安上空的云朵，落到这些人群中，对着某张凝重的面孔，随便擦一把，就是秦腔生动的脸谱。

选自《散文》2006年第11期

儿子给我的幸福

石华莉

“妈妈，再见啦！”你刚跨出家门，像忘了什么似的，马上踅回，大着声和我道别。

此时的我，也许正搓着一盆子的脏衣报，也许正在收拾零乱的房间，听到声音，忙不迭地跑出，与你回应：“再见，宝贝！”

你满意地笑了笑，跟着爸爸下楼了。伫立窗前，望着一大一小牵手远去的背影，汩汩的暖流，从心间缓缓流出。

那天去接你，下着小雨。娘儿俩共撑着一把雨伞，走在回家的路上。路过“手抓饼”店时，我忍不住嘴馋，对你说：有点饿呢。你像小男人一样，把手伸给我：来，我给你去买。

我给你几个硬币，看着你小小的身子站到了店门前，窄小的店面已挤了一堆的人，瘦小的你这边瞅瞅，那边钻钻，终于将钱交给了店老板。一会儿，有人拿着热气腾腾的饼子走了，又一个人走了……过了好长时间，还没有轮到你。这时，你回过头，耸耸肩，冲着雨中的我，小大人似的笑了笑。像是表示无可奈何，又似在安慰我，要我耐心稍等。我的眼眶一下子就湿润了。本应是母亲给小儿买零嘴解馋，而此时的我，却能享受到年仅八岁的你，一个小小男子汉，呈给他妈妈的照顾、关爱和温暖。

终于买来，你凯旋似的将饼子递给我。（对零食，你向来不感兴趣）。饼子热乎乎的，我心里也热乎乎的。你又接过我手中的雨伞，让我腾出双手拿好有些烫手的饼子。你踮起脚，努力地将伞举到我的头顶，童稚的脸上满是圣洁的体贴和周到。那一刻，我的眼泪夺眶而出，不让你看见，忙与你说笑，将泪擦去。亲爱的宝贝，天寒风冷的街头，等了那么久，好不容易才为妈妈购饼充饥，现在又以你柔弱之躯为我遮风挡雨。谁说这个笑着流泪的妈妈，不是世界上最幸福的妈妈呢？

你洗脸后的热水，舍不得倒掉，又怕等到我用时已冷，总是细心地用另一个脸盆扣好；有时你早起，总是蹑手蹑脚地自己穿好衣服，轻轻地将房门带上，怕吵醒熟睡中的我（其实我早已醒）；有时我被电视或书的情节惹得泪水涟涟，你忙过来安慰："假的啦，不要哭啦！"；要是爸爸大着嗓门儿与我说话，你总是站出来保护我："不要这样与我妈妈说话，她可怜……"

写到这里，妈妈的泪又涌了出来。妈妈感动，感动幼小的你，本是一颗透明而稚嫩的心，却早已密密麻麻开满了温柔、体贴和勇敢的花，散发着人性的良与善。

我与你既是母子，又是好朋友好伙伴。还记得我们经常玩儿的那个游戏："……一不许动，二不许笑，三不许露出大门牙"！到后来我们都可以坚持数分钟不露出门牙了。还是妈妈使了坏，伸出四个手指头，用嘴唇盖好牙齿，问你这个数用英文应该是几。你不知是计，熟稔地回答：Four！马上意识上了当，连忙将牙齿捂起。但来不及了，门牙早已露出来啦！我们玩儿得乐此不疲，直到笑得滚落到沙发里。傍晚，只要你完成了功课，下去散步是我们必备的课目。你骑着小单车，我绕着"大草原"徒步"旅行"。有时候，也会在夜幕中与你比赛跑一场。我怎能跑得过像小鹿样的你，每次都输得心服口服，气喘吁吁。课余饭后，拿出黑白棋子，与你博弈一回，也是你赢得多，我也笑着心甘情愿地去钻桌底。只有打羽毛球，我还可以胜你一畴，你输了就耍赖，不肯捡球，或追着我跑，说我不该把球打得你接不到……笑声、叫声、闹声，在我们的家里荡漾，在院子的上空随风飞扬。

有人说过，随着子女的长大，做父母的既感到欣慰，又觉得伤感。确实如此。光阴荏苒，你已从一个嗷嗷待哺的襁褓之婴，长成如今这个生机勃勃、逐谙世事的读书少年郎。时光飞逝，你终究会有一天离开我怀里，离开我的护翼，开始你崭新而不一样的人生。想到这些，不禁唏嘘然，怅怅然。希望你快些长大，但也更想沉湎于你给我的快乐，更想陶醉于你给我的幸福美好的时光里。

后记：儿全，出生即病。四个月时行剖腹手术，后一直未断药，至今。抚养得很艰辛。热泪中写下这篇文字，想起他的调皮，他带给我的快乐、他的好，还是觉得一切的努力和付出，都值！

选自《散文》2008年第2期

乡　　村（节选）

孙敏瑛

布谷鸟

夜深了，乡村安静下来，便可以听到野虫子野鸟的叫声——“播播”、“叽叽”、“嘀嘀”、“胡——”，那叫声，有如丝弦般清亮，又有如雨点轻敲着小鼓，催着你入眠。

在这美妙的天籁里，偶尔还会听到“布谷”、“布谷”——那便是布谷鸟的叫唤了。在我的家乡，也有人叫它“催耕鸟”。听到它的叫声，再爱偷懒的农人也得开始新一年的耕作了。

曾经有一回，我在春阳灼灼的小山上漫步，身后近在咫尺的地方蓦然传来它的歌声，我立刻回头，却只见一簇野铃铛花的枝子在微风里轻摇——它常常就这么神秘地躲在远远的绿荫里，有时是在浓黑的夜色中，从不给我看它的倩影。而且总是怕扰着人似的，轻轻地在这边的山头嘀咕两声“布谷”、“布谷”，又在那边的山头嘀咕两声“布谷”、“布谷”，然后就再也听不见了，像一个不可捉摸的精灵。

有时我会想，也许布谷鸟的叫声并没有人们常说的那种意思，倘若它在小树林里恋爱时也这么叫，那多半应当翻译成“我爱你”、“你也爱我”吧，也只有这样的意思，才可能被它叫唤得那么轻柔啊。

紫云英

在故乡的原野上，最先让人感知春意的，当算是紫云英了。还在寒天里，哈气哈得出白雾的当儿，就见它们用细茎挑着椭圆的小叶片颇有生气地在田地里摇晃了。

及至寒潮退去，几场透雨，它们就似得了春讯，蓬蓬勃勃地将日渐柔软起来的土地一大片一大片地闹绿了。

这种被庄稼人唤作“草头”的紫云英不是野菜，却比野菜好吃。一碗水煮年糕，撒上一些嫩绿的“草头”，那味儿可真是鲜美。在我童年时光，物质还匮乏的年代，一篮一篮被摘回来的嫩草头，常在锅里稍微汆一下，再铺在竹匾里，置于春天的日头下晒成干，一亩地的草头足以让一户人家吃上一季呢。

入春后不久，那碧绿的植物又一大片一大片热烈地开了紫红的小花，田野像笼了一层轻云，看上去格外地活泼和妩媚。蜜蜂啊、蝴蝶啊，在那成千上万朵小花上不停地闹着，空气里氤氲着浓郁的花香。

这时候的田野便成了孩子们的乐园。

去田地里尽情玩耍吧。

我们将花儿一朵朵穿起来，串成花冠，串成手镯，串成长长的紫花项链戴着。花朵有清香，绿草有清香，被那清香包围着，我们做着散花娘娘的游戏，从阡陌中挨个出来，那样的情景是会让过路的人驻足惊叹的。

也有调皮一些的孩子，摘一朵花来，将一片片紫的白的花瓣儿都扯掉。最后，那细茎挑着的就是围成一圈的小鸡了，那些嫩黄色的毛茸茸的小鸡，很有几分生气。我总是想，若不是扯开花瓣，它们不就永远躲在里面不让我们看见了吗！

孩子们玩着这单纯的游戏，日复一日，皆是那样的快乐。

然而，清明过后不久，这些紫红的花儿到底还是被翻到地底下去沤作绿肥了。对于这，小孩子们当然是万不乐意的，但那是无可违拗的大人们的意志呀。何况，农人们在肥沃的田地里种上庄稼，那才是他们一年中谋求收获的初始呢。

自此，大地便又恢复了它原本朴实、丑陋的模样。

地雷花

夏天的黄昏，我们坐在院子里吃夜饭的时候，正是地雷花盛开的时分，就着它的香味，我们将这一天的晚饭吃得格外地舒心。

自打我能记事起，我就认得它喇叭一样的小花。它一年年开下来，越开越美丽了。起先只是单一的红，后来又有了白，再后来，它给我看的花，竟常有红、黄、白相间的，一朵那么小的花，竟会有如此丰富的颜色，让我舍不得它谢掉。

掐下它的小花托，将长长的花须抽到末端来，然后挂在辫梢上，它的花瓣便像一个柔软的唇轻轻吻着我的耳垂。

夏末的时候它结的籽就一颗颗黑透了，像一颗颗小地雷。我们将那小小的黑地雷轻轻地从花托上弄下来，丢在别人家的院子里，丢在旷野里，希望更多的人能看到它别样的花，能喜欢它别样的香。

母亲常拿了锄头挖起它在地下的块茎，说那是一味很好的中药，能去人骨头里的湿气。

选自《散文》2008年第4期

独　舞

王　陆

一

我喜欢舞蹈。我对肢体表达很敏感。

好像是一九七七年冬天。我去大连商场买唱片，看到电视上播放舞蹈。一个裙衫飘碎、长发赤脚的女演员，在小提琴忧郁的滑动里，艰难地苏醒过来。就是这个艰难苏醒让我立定翘望。

音乐的缓板之后，女演员抬起头，有迷茫，有警惕。音乐是泛音，是拨弦，但是演员却急不可待地越过了音乐。我看出了她体内的层次，压抑之后是喷薄。音乐突变为急骤的拨奏与滑奏，而她比音乐更急骤。她不顾褴褛，自由着脚趾，自由着胸脯，黑眼睛在不顾一切。接着，是十六分音符的断奏，她是彻底燃烧了，飘扬的长发像火炬，或者战旗，挥舞在废墟上。

我那时不懂舞蹈，却看到了舞蹈鲜艳的心脏和尖锐的渴求。舞蹈竟然也能表达"不自由、毋宁死"的主题啊！

好的舞蹈就像瓦砾间的爱情啊，坎坷远近之间，念念不忘。谁说舞蹈简单啊？它能用旋律裹着肢体表达一个国家的心情，委婉，却很坚决，如纤指揉碎残冰。谁又能说舞蹈复杂呢？不过是脱下鞋子，扯下袈裟，迎着风。

我一直寻找这个音乐和这个舞蹈。陆续都找到了。音乐是萨拉萨蒂的小提琴独奏曲《流浪者之歌》，舞蹈者是陈爱莲，编舞者是蒋祖慧。蒋祖慧一九九七年时告诉我，她创编这个舞蹈使用的全部语汇就是两个字，“解放”。

二

回头看，一九七八年的解放确实连接着一个广阔的时代。长歌继短歌，最尖锐的声音响彻山河，都是思想解放之声。问苍生，慰鬼魂，用新帆，用新桨，驶向新航道。都是好事。

论舞蹈，一九八〇年夏天是最不一般的。

那年夏天，全国第一届舞蹈比赛就在大连举行。大连的夏天很美，海天辽阔，视线清朗，而更美的是这半个多月的舞蹈比赛，成片成片的美丽演员飘落在海滨，大连每一条斜街陡巷仿佛都有了舞蹈的影子。我是在暑假里，每天除了去航校学习帆板，就是跑各个剧场看舞蹈，人民文化俱乐部和人民剧场是民族舞专场，军人俱乐部和海港俱乐部是现代舞蹈专场，国际海员俱乐部是芭蕾专场。我看到了戴爱莲，看到了贺燕云，看到了华超，还有刀美兰的《水》、辛丽丽的《天鹅之死》，都是灿烂的姿色。可以说，我想看的，那个夏天都看到了。

但是，给我震撼的却是另一个独舞。这个独舞现在已经没有人能记住它了。

这个舞蹈叫《无声的歌》，舞蹈者叫王霞。

舞蹈长度不足十分钟。没有装饰性布景，黑暗就是布景，一束强烈的追光紧紧锁住舞者白色的囚服；没有音乐，只有舞者身上的铁镣代替音响，代替咽喉。这是一个什么样的舞蹈啊！同样是风格化动作，却让我们心惊肉跳。舞者呼吸短促有力，动作纯粹直接。她在蜷曲的无声中问着，又在蜷曲的无声中答着。这依然是真实的生活，是一个母亲、一个妻子、一个女儿与一个忠诚的女共产党员之间抉择生命的方式。舞者肢体是阴沉的，多是碎足，多是半幅度，多是心理节奏，全场最强烈的自我肢体，就是慢慢张开在黑暗中的手掌，是“谁之罪”式的混沌鹤语，是哥白尼式的一意孤行，有立定的精神。

全场蓦然喑哑啊！

这种喑哑在今天想来眼里和心里依然是可以灼痛的，可以穿透的，仿佛那棵殷红的悬崖荆棘还在舞蹈。往日连绵，挥之不去。我至今还记得舞蹈结束的那一片刻，在大连军人俱乐部里，掌声是惊炸的，掌声是致敬的。还记得，无数的观众是流泪的。那时的观众是肯为思想、肯为历史而流泪的。

这个舞蹈和演员当时都获了一等奖。那个夏天的许多舞蹈都留在了后来的“中国二十世纪舞蹈经典”里了，像刀美兰的《水》，王霞的《金山战鼓》，华超的《再见吧，妈妈》，等等，却偏偏这个《无声的歌》不见了，不记载，不谈论，如冰封水流！

这很合乎世故逻辑。世故这东西真厉害。

三

日子很快。日子很美。我很爱今天。三十年前还是千斤重的道理今天只能是四两轻的闲谈，因为地平线变得开阔了，废墟之上有了道路或者花园。比如舞蹈，肢体更加纯粹，元素更加符合艺术天性，我好像更加爱看。杨丽萍《雀之灵》，卓玛

《母亲》,玉米提《送你一朵玫瑰花》,都是精致的盛开,让人陶醉。

这种纯粹和精致不是悬崖荆棘,原本是易于成片生长的,现在也不过是孤枝独叶,飘零了。世故是一个,人心是另一个。人心像粪便一样地飘浮了起来,陆陆续续地,臭气跟着涟漪。来自水木清华一个帖子说芙蓉姐姐的舞蹈是自由的原子在做无主题的裂变。我原以为这是清华北大学子们的幽默和反讽,或者以为那类的捧不过是学子们在饥荒的时候从干粪垛里扒拉出一粒黄豆吃。

当然是我错了。芙蓉姐姐是人心的盛开,从网络盛开到民间。

也是在大连,也是夏天,是在一个商家的广场上,人山人海,我在人缝里看到了芙蓉姐姐。芙蓉姐姐,拿着一块红绸子,俯,仰,弯,扭,逗,贴,甩,跳。没有主题,但她有自雄的气质,有S形的身体,仿佛她是海蚓,观众是水藻,一起在水族箱里摇曳。观众的喝彩很猛,共鸣是一个,自慰也是一个。一个中年男子喊:"再来一个S型!"她就会像海蚓那样撑胸支臂,跟着就是一组S型或者是反S型,非常婆娑。太有意思了。我从头看到尾。

主持人采访她,她说她的舞蹈根本没有对手。我在土豆网上点击芙蓉姐姐,有无数条视频,人气蒸腾。

谁说这不是舞蹈?谁说人民不热爱这样的舞蹈家?混沌春之鹤,聪明秋之蚓,都不是突如其来的。舞蹈的肢体不是一个大问题,人民的秉性才是一个大问题。

王霞早就离开了舞坛,不知后来;卓玛也离开了,她的财富与官司让她比在跳舞时还火爆。只有杨丽萍还在跳。我在杭州看到她的《云南映象》。她在翩跹中有孤洁肃昂,如云中之鹤。在这样的日子里，能这样就很不容易了。至少她还有想象力，还有诗意，还有拯救的责任。

至于《无声的歌》，已经是斑斑铁锈，还有层层吐沫。可能就到此为止了。我只能在此写几行字，思前想后。

选自《散文》2008年第5期

关于粮食

冯　磊

吃早点的时候，女儿剩下了小半碗粥。收拾饭桌的时候，看到那残留的粥，心里突然一紧。

我本不是一个具有悲天悯人情结的人。按照惯例，这小半碗粥应该是倒掉的。因为我住的是商品房，没有饲养小动物的习惯，家里就三口人，吃剩下的食品一般都是要丢掉的。

可是现在，端着那半碗粥，我突然有了烫手的感觉。记得小时候，母亲在世的时候，剩下的饭菜都要倒进一个旧脸盆里，然后喂猪或者喂羊。家里的鸡、狗、鹅、鸭，总能将我们吃剩下的残渣剩饭一股脑儿消灭光。其中，最不检点的是鸭子，它们吃东西总是弄得满地都是。最让人怜惜的，则莫过于羊了。它们总是很小心地吃干净，然后把脸盆的边儿用舌头舔干净。

可是现在，我的身边没有一只家畜或者家禽。这半碗饭，让我感觉左右为难。

记得小时候，家里食物并不是那么充足的。一年到头，也就是过春节能够吃上白面。其余的时间，大家都在吃地瓜或者玉米。地瓜窝窝和玉米窝窝是我童年不能抹去的记忆，上个世纪七十年代的后期，身为民办教师的父亲曾经把地瓜煮熟之后切成片晾干在地上，放到冬天的时候在煤球炉子上烤熟了给我们吃。那，好像也是可口的糕点。

二十世纪80年代初，农村兴起了责任制。我们家里分到了一辆地排车、一把扬场用的木锨、一把大扫帚以及五亩地。这些东西让我们全家兴奋了很久，母亲总是说，“人勤地不懒，不要辜负了土地……”

因为身体不好，再加上劳累的缘故，母亲在我十岁那年就去世了，一九八四年的夏天，骄阳似火。我和父亲以及七十多岁的爷爷在地里割麦子，因为家里缺少干活的人，我们的速度比起邻居来总要慢一些。而在农村，家家户户在“三夏”和“三秋”农忙的时候，总是要暗暗较劲、比一比的。那个三夏，父亲的后背被晒得黑中透红。尤其是两个膀子，因为阳光强烈的缘故，被晒得出了亮晶晶的血泡。那血泡在太阳光下晶莹透亮，一碰就疼得揪心。

我还记得自己七岁的时候，曾经和母亲以及妹妹到玉米地里撕秫叶。月上柳梢头的时候，地里很静。邻居们都收工回家吃饭去了，我们娘仨还在静静地干活儿。记不清楚是什么时候，母亲轻轻地唱起了《洪湖水，浪打浪》。那声音很是荡气回肠，唱到激越处，却分明有一种撕裂大帛的感受，又仿佛是瀑布从高空而落，水珠洒落松林。

因为来自于农村，我对粮食的感觉总是比孩子要亲切得多。毕竟，在城市长大的孩子，从来没有过稼穑的经历。不仅如此，他们甚至有时候搞不清小米和高粱的分别。也很少能够弄清楚绵羊和山羊的模样。在孩子的眼里，能够熬粥的，都是粮食；碗里盛着的，除了蔬菜，就是肉食。至于什么蔬菜、什么动物的肉，他们很少关心。反正只要好吃就够了。

有的时候，看着地上散落的米粒，我试着要给孩子讲一下一颗种子的神奇、一粒米的故事。但是，孩子总是带着种不耐烦的神色。这,也是无奈的事情。

静静的早晨,端着这半碗粥。不知道为什么,我突然想起了自己在农村劳动的情形。我想起了在果树园子里薅草的那个中午,一家人把黄瓜放到冰凉的井水里浸泡,然后大快朵颐的情形。那丝丝凉意,一直沉浸到我的内心深处。坐在大树底下,吃着被井水浸泡的凉黄瓜,仰望着头顶上火辣辣的日头,父亲说:“天下的福都让咱们农民享了啊”!我们都轻声地笑了起来。

一粒粮食,从播种到管理到收获,所经历的复杂不是一句话、两句话可以描述得清楚的。当麦穗开始充满白色的浓浆,当蝼蛄在草叶上轻轻走过,当第一滴露水在瞬间折射出金色的光辉,当一个农民用镰刀割下第一把麦穗,生命的夏天就到来了。

这个时候,所有的人都奔向田间地头,所有的镰刀都被磨得锃亮,所有的孩子都挎着篮子开始捡拾麦穗。而蚂蚱和蟋蟀们,也在这个时候长成了丰满的躯干。那些跑来跑去的孩子们,用草梗穿了一长溜的蚂蚱,他们期待的,是一顿香喷喷的午餐。

不知道为什么,端着这半碗粥,我突然有了一种沉甸甸的感受。我好像看到一粒粒麦穗被木锨抛撒到空中,然后进行着自由落体运动。好像看到黝黑的农村妇女把一袋袋的麦子送到收购站,她们的额头上,布满了努力的汗水。我甚至感到,面对这半碗粥,在内心深处,被激活了的,已经不仅仅是田间地头辛苦工作的记忆了。在我的内心深处,突然唤起了对土地和对粮食的焦灼的爱与感恩。

不能忘记,也是一种无声的坚持。

选自《散文》2008年第11期

想起荞了

崔士学

荞一定不会知道有我在想它，它在离我很远的山坡上长着自己的模样。荞长着的山坡，离我很远，离村子就很近。

村子离我曾经也很近，离我曾经很近的还有和荞一样在村子外面长着的那些庄稼。可荞和那些庄稼长得还是不一样。高棵的那些玉米、高粱，矮棵的那些谷子、黍子，还有匐地长着的那些瓜秧，我都认识，她们都是荞的邻居。

荞的邻居，我都知道。在荞要长成的垄里，垄沟还是没有封严呢，还是给绿翅膀的鸟儿和一只豁耳朵的野兔留下了散步的地方。一阵从阴面的山坡上过来的风从荞的头上过去了，去了那一面朝阳的山坡了，一垄一垄的荞就跟着轻轻地摇曳着微笑。

远远地望着那一山坡摇曳着的荞，我扛着一捆开着紫色花粒的荆条从山上下来，走过荞的身边，就在荞的垄边地头歇会儿。我秃脑门光肚皮上的汗就被从一棵荞和另一棵荞之间过来的风给拂走。在荞的垄头歇着就最好，荞不挡风的过来，荞又不挡的风远去了。

可我要往哪里远去呢？坐在长满别人侍弄着长大的庄稼的山坡上，那些大朵大朵的云正成群结队地朝着夏天的深处奔跑。我可以看见和荞在一起的那些时光，可以看见正对着我家门口的南梁上荞长得那么清清爽爽。让我看见那些荞们的面目安详,就让我拥有自己内心的那些清凉。

我就那么看着,看着荞那么长着。我试探的走进垄里几步去,荞还是那么不动声色的样子,那只绿翅膀的鸟儿从荞垄里飞出来,又隐翅在另一条垄里了,那只豁耳朵的野兔就从垄的东头钻进来,又从西头跑远了。荞的叶子捋着我挽着的腿和光着的脚,一点都不扎,一点都不划。我可以看见,荞的花很白,叶子很柔,荞的茎秆很挺,荞的样子就很静。那么安静的面容,可不是山坡上我看见的那些庄稼都有的。

荞就那样很静又很净的坚持着,这么多年。这么多年,一些谷子都有别的色的穗了,一些玉米也都有别的色的粒了,可荞还是没有变。荞没有变,在一处山坡上安安静静这么多年。是要有些东西不变,才可以让我们循着回去,我们出来总是要回去的啊。

这么多年都是,不挑肥也不拣瘦的,用妈的话来说,这荞真的是仁义。天不下雨,雨来得太晚了,爸说南山那块棋盘地就种荞麦吧。就只能是荞麦了,都要数伏了,别的都晚了。

村子里孩子们记住了那些荞的模样了,你进了村里,扎红头绳的二丫和穿蓝小褂的大三都会撵着和你说,给你破个闷儿吧,你说是啥:三块瓦,盖小庙,里边住个白老道。你说是啥?是啥?荞麦呗。

你笑了,孩子也笑了。孩子笑嘻嘻地跑远了,留下你一个人就想起来围着村子长大的那一坡一坡叫荞的庄稼。

你就想起来脸朝着东山还是脸朝着西山,是睡在南炕上还是睡在北炕上,都是枕着装满了荞麦皮的枕头。瞅着头顶上杨柳木的檩子,苇草编的房笆,身下是秫秸编的炕席,就在那么多的草木的环拥里睡去。

每一株草木庄稼都有自己的气质，我在离村子很远的地方是这么想着。要是我能够看清楚每一株庄稼的心思，我就会比现在更安静，要是我能够听清楚每一株荞的心语，我就会比现在更能知道幸福。荞还是那么一副样子。素淡的，迎风摇着，一点都没变呢。

我是相信呢，荞啥都知道，可荞啥也不说。

选自《散文》2008年第11期